Alles im Fluss...

Alles im Fluss...

Anthologie der Solinger Autorenrunde

Bibliografische Information der Deutschen Nationalbibliothek
Die Deutsche Nationalbibliothek verzeichnet diese Publikation in der Deutschen Nation-
albibliografie; detaillierte bibliografische Daten sind im Internet über http://dnb.d-nb.de
abrufbar.

Herausgegeben von der Solinger Autorenrunde, vertreten durch Kay Ganahl
Cover: Grünwald
Landschafts-Fotografien: Grünwald
Autorenfotos:: jeweiliger Autor
Urheberrecht bei den einzelnen Autoren und Fotografen
Copyright bei den einzelnen Autoren und Fotografen

Gestaltung: Grünwald
Druck und Verlag: BoD, - Books on Demand, Norderstedt, 2015

ISBN 9783738615715

Einleitung

Nach einem Aufruf von Martina Hörle im Herbst 2014 fanden sich acht Autoren, alle ansässig in Solingen, zu einer gemeinsamen Runde zusammen. Während sie beruflich sehr unterschiedliche Wege gehen – vom Journalismus über Lehrtätigkeit bis hin zum sozialen Bereich – haben alle eins gemein: Die Liebe zum Schreiben.

Die Autorenrunde zeigt ein breites literarisches Spektrum. Von Märchen und Fantasy über Lyrik bis hin zu Fachliteratur erstrecken sich die Werke, mal besinnlich und märchenhaft, mal heiter-satirisch.

Bei literarischen Veranstaltungen präsentieren die Autoren ihre Texte meist in Hochdeutsch, teilweise aber auch in Solinger Mundart.

Diese Anthologie ist das erste gemeinsame Buch der Solinger Autorenrunde.

Inhalt:

Andreas Erdmann

Eine Himmelfahrt

Eine Begegnung von Nelly Sachs und Paul Celan am 26. 5. 1960

„Ein Märchen hier", schrieb die Dichterin am Himmelfahrtstag 1960 gleich nach ihrer Ankunft in der Schweiz: *„Alles in herrlichster Harmonie..."*, notierte sie auf ihrem Zimmer im Zürcher Hotel ‚Zum Storchen'. Dann hielt sie kurz inne und seufzte – schrieb weiter: *„Wie soll ich das nur fassen, alles nach so viel Dunkelheit"*.

Nun legte die Frau den Stift aus der Hand. Sie hob ihren Blick vom Bogen Papier und lächelte, als sie vor sich auf dem Tisch den Riesenstrauß Rosen bemerkte. Nach der Landung in Zürich war ihr der Strauß in der Halle des Flughafens auf zwei winzigen, wackligen Beinen entgegengelaufen. „Seit wann können Rosen denn laufen?" dachte sie noch, da tönte aus dem leuchtenden Rot ein feines Stimmchen: „Bonjour, madame!" - Es war Eric, der kleine Sohn von Paul und Gisèle, der ihr den Strauß überreichte: „S'il vous plaît, madame!" lachte das Kind die Frau an. Und sie beugte sich hinunter, ihm den duftenden, blühenden Berg – „Oh merci beaucoup, kleiner Mann!" – aus den Ärmchen zu pflücken.

„Hmmm, die riechen ja wunderbar!" sagte sie und sog den Duft in sich auf - und erblickte jetzt durch die Blüten hindurch die Mutter des Jungen: „Bonjour Gisèle!" rief sie aus: „Ist es wahr? Ich kann es kaum glauben. Ihr seid wahrhaftig aus Paris angereist?"

„Oui, par le train", sagte Gisèle und begrüßte sie mit einem zauberhaften Lächeln. In dem Augenblick gewahrte sie Paul: Er kam auf sie zu, empfing sie mit Küssen auf beide Wangen und mit den Worten: „O Nelly! Endlich sehe ich dich, meine geliebte Schwester!"

„Paul, mein geliebter Bruder!" Sie streckte sich dem Mann entgegen, der vom Alter her ihr Sohn hätte sein können: „Menschenskind, bist du groß!" staunte sie, „so groß hab ich mir dich gar nicht vorgestellt. Vor dir bin ja ich ein kleines Persönchen."

„Aber Nelly", erwiderte er, „mir scheint, du bist die Größere von uns beiden. Als Lyrikerin bist du riesig und überragst mich sicher bei Weitem!"

„Paul, du scherzt", lachte sie und war zugleich zu Tränen gerührt, Paul Celan, den verehrten Dichter nach sieben langen Jahren des Briefwechsels heute zum ersten Mal persönlich zu treffen: War es ein Traum? Oder war Paul wirklich mit seiner jungen Familie aus Frankreich gekommen, genau so wie er es ihr in seinem letzten Brief mitgeteilt hatte? – Nein, das muss ein Traum sein, dachte die Frau, als ihr von Freudentränen verschwommener Blick auch noch Max Frisch erspähte. Der Schweizer Schriftsteller tauchte überraschend aus der Menge auf, um die Dichterin in seiner Heimat willkommen zu heißen.

Plötzlich pochte es an die Tür. „Ja, bitte?" Die Frau im Hotelzimmer löste den Blick von den Blumen und fuhr herum von dem Tisch.

„Entschuldigen Sie die Störung, Frau Sachs!" sagte der Page, der seinen Kopf zur Tür hereinschob: „Ein junger Herr erwartet Sie im Entree."

„Ach!? Ist's schon so spät?" Sie sah auf die Uhr – und erschrak: „O wie schnell verfliegt doch die Zeit!"

„Der Herr sagt, er sei mit Ihnen verabredet."

„Herrje!" Sie erhob sich mit einem Ruck aus dem Lehnstuhl: „Würden Sie Herrn Celan bitte ausrichten, dass ich im Nu herunterkomme."

„Selbstverständlich, Frau Sachs!"

„Ich danke Ihnen!"

Der Page schloss die Tür hinter sich. Und die Frau durchquerte mit raschen Schritten das Zimmer; sie trat an die Garderobe, nahm Mantel und Hut und bekleidete sich. Dann warf sie einen flüchtigen Blick in den Spiegel und meinte: „Gut schaust du aus! Dabei ging's dir heut früh noch so schlecht ..." – Sie nahm ihre Handtasche, wollte den Raum schon verlassen. Da kehrte sie noch einmal um und trat an den Tisch, schloss für einen Moment lang die Augen. Sie schöpfte tief Atem – und atmete Rosen.

„Du, verzeih!" rief sie aus und eilte dem Mann in der Vorhalle entgegen: „Ich komme zu spät zu unserem ersten Treffen zu zweit!"

„Aber Schwesterchen, die paar Minuten ...", entgegnete Paul, „immerhin haben wir sieben Jahre lang auf diese Begegnung gewartet."

„Tja", seufzte sie und blieb vor ihm stehen.

„Gisèle lässt dich grüßen. Sie ist mit dem Kleinen unterwegs, ihm die Alpen zu zeigen."

„Deine Frau ist reizend", erwiderte Nelly, „und der kleine Eric so allerliebst. Nachdem er mich mit den Rosen begrüßte, hab ich den Kummer von heute früh fast vergessen."

„Welchen Kummer?"

„Hach, nichts!" winkte sie ab und lächelte befangen, „nur eine Belanglosigkeit, überhaupt nicht der Rede wert..." Sie trat an Pauls Seite, hakte sich an der rechten Seite bei ihm ein und fragte freundlich scherzend: „Sag mal, was stehen wir eigentlich hier in der Hotelhalle rum?"

„Gehen wir hinunter zum See?"

„Ja, es ist bestimmt ein schöner Ort für unseren ersten Spaziergang", sagte sie. Gemeinsam verließen sie das Hotel und traten Schulter an Schulter in den hellen Tag.

„Welch ein herrlicher Tag!" strahlte Nelly.

„Ja", sagte Paul. Sie schlenderten ein Stück weit die Straße entlang, bogen dann rechterhand in den Weg zum Seeufer ein. Kaum sahen sie in einiger Ferne zwischen den Häuserzeilen das leuchtend blaue Wasser aufblitzen, stoppte Paul.

„Was ist mit dir?" fragte Nelly.

„Mir geht seit vorhin eine Frage im Kopf herum. Du sagtest etwas von einem Kummer, den du heute früh---"

„Nein, frag mich nicht", fiel sie ihm ins Wort, „es war eine Kleinigkeit, im Grunde nichts."

„Na, dann kannst du's mir ja erzählen."

„Paul, ich wollte es dir gegenüber gar nicht erwähnen..."

„Schwesterchen, komm, heraus mit der Sprache!"

„Tja, weißt du", setzte sie an, „ich war halt bis zuletzt in großer Sorge vor dieser Reise. Und heute früh, als ich in Stockholm den Flieger bestieg, war ich dermaßen in Panik, dass ich auf der Gangway gleich wieder umkehren wollte."

„Du hast immer noch solche Scheu vor dem Fliegen?"

„Na ja", fuhr sie fort, „der Steward der schwedischen Luftlinie hat mich sehr nett betreut. Und kaum in der Luft habe ich mich ein wenig beruhigen können. Dann aber", sagte sie, schluckte kurz, sprach weiter, „flogen wir geradewegs über Deutschland..."

Sie war jäh verstummt.

„Es tut mir Leid", tröstete Paul und nahm ihre Hand. Die Frau sah zu Boden, und er glaubte, auf einmal ein leises Schluchzen zu hören.

Gleich darauf schaute sie auf und sagte: „Komm! Komm, gehen wir weiter!"

„Ja, aber---"

„Komm, weiter! Stehen wir nicht wie angewurzelt auf dem Bürgersteig herum, die Passanten werden schon neugierig."

Sie setzten ihren Weg fort; und die fremde und doch so vertraute Frau an seiner Seite drehte den Kopf, sah über die eigene Schulter hinweg und zu Paul hinauf: „Trotz allem...", bemerkte sie, und ihr Gesicht hellte sich auf, als ihre Blicke sich trafen: „Trotz allem, mein Bruder, dies ist ein herrlicher Tag!"

Sie erreichten den See, wo sich der Pfad am Ufer verlor. Hier standen sie nun, an einer steinigen Kante, so ehrfürchtig still, als befänden sie sich am Ende der Welt. Sie verspürten nur mehr den Hauch eines leise wispernden Windes im Nacken, und zu ihren Füssen erstreckte sich weithin die schillernde, schaukelnde Fläche des Wassers. Stumm waren sie, stumm wie die Fische. Plötzlich flüsterte die Frau in die Stille hinein: „Gehen wir weiter?"

„Ja, gehen wir!"

Da lösten sie sich, traten zurück auf den Weg und zogen ein Stück weit am Ufer entlang, bis zur Mündung der Limmat. Sie behielten den Zürcher See wohl im Rücken und wanderten nun flussaufwärts. Dabei ließen sie den Blick über die flimmernden Wasser der Limmat schweifen und hinüber zum jenseitigen Ufer, wo hoch über den Häusern mit ihren verschachtelten Dächern das in seiner Größe gewaltige Münster von Zürich emporragte. Die beiden gigantischen Türme des Münsters stachen hinein in das himmlische Blau, welches zum Horizont hin von Gelb ins Rötliche verschwamm und mit einem Mal golden aufschimmerte.

„Schau, welch ein Glanz!" rief Paul aus. Und urplötzlich zuckten sie beide zusammen, hielten zugleich und sahen sich jetzt geblendet von einem hellen, ja grellen, fast gleißenden Licht. Da schob Paul die Hand vor seine Augen, spähte zwischen zwei Fingern hindurch und sah hoch über dem flackernden Fluss, wie ein Feuer zwischen den Türmen des Münsters aufstrahlte: „Nelly!" rief er, „siehst du den Stern? Siehst du ihn?"

„O ja, ich sehe unseren Stern!" entgegnete sie mit festem Blick zur sinkenden Sonne, deren Strahlen sich an den Spitzen der Türme

brachen. Ihr ‚Sonnenstern' neigte sich seinem Untergang zu und tauchte das Zürcher Münster in glänzendes Gold. Und der ganze gewaltige Kirchbau schien sich über die leuchtenden Wasser der Limmat hinweg zu erheben und wie losgelöst in den Lüften zu schweben, als sei er vollständig aus Licht. Und alles Strahlen ergoss sich nur so aus seiner himmlischen Tiefe und flammte in feurig roten Farben den Himmel herauf und herüber. Und dann erschraken die Dichter zutiefst, wie sie bemerkten, dass sie gar nicht zum Firmament empor, sondern von oben hinunter, hinab und hinein in die himmlischen Gründe blickten. Sie sahen sich beide in schwindelnder Höhe, hoch droben am Ufer über der Lichtflut in der Tiefe dastehen. Und Oben war Unten. Und Unten war Oben. –
„Omeingott!" entfuhr es Nelly. „Die Welt steht auf dem Kopf und wir, du und ich, Paul, wir stehen im Himmel!"
„Welch ein Wunder! Ein Himmelfahrtswunder!" sprach Paul zu Nelly, als sie sich kurze Zeit später auf einer Bank am Ufer niederließen.
„Ja", stimmte Nelly ihm zu: „Zeit meines Lebens werde ich dies nicht vergessen. Es ist wunderbar, ein solches Erlebnis mit dir teilen zu dürfen ... nach all dem, was geschehen ist..."
„Was meinst du damit?"
„Na, du weißt schon. Ein jedes Wort darüber wäre zu viel."
„Zu viel... oder zu wenig", sagte Paul nachdenklich.
Sie sagte nichts, lehnte an seiner Schulter und schaute hinaus in das allmählich verglimmende Abendrot. Hier und dort sah man kleine Pünktchen von Lichtern aufblitzen. Nicht lange, und es kam ihr so vor, als würde die Nacht sie aus tausend und abertausend Augen anblinzeln: Sterne, Sterne, überall Sterne. Und von den Bergen her war der Mond aufgestiegen, und seine silberne Sichel schien ihr greifbar nahe.
Paul sprach sie an: „Nelly, was ist!? Du zitterst ja, ist dir kalt? Willst du zum Hotel zurückgehen?"
Sie schüttelte den Kopf. „Nein, nein... Du, ich fürchte, es geht wieder los..."
Paul legte besorgt seinen Arm um ihre Schulter und fragte: „Ist es sehr schlimm?"
„Furchtbar!" gab sie zurück: „Ich habe dir ja von all dem geschrieben..."
„Vielleicht hättest du nicht in die Schweiz kommen sollen."

„Vielleicht", meinte sie. „Du weißt ja, mein Arzt in Stockholm hat mich von Anfang an vor der Reise gewarnt und mir geraten, den Droste-Preis nicht persönlich entgegen zu nehmen."

„Ja", sagte Paul nur und drückte sie sacht. Dann strich er ihr über das Haar.

„Danke. Es geht mir schon besser. Das Zittern lässt nach", sagte sie und schöpfte Luft. „Kein Wunder, dass es so kommt", fuhr sie fort, „immerhin habe ich, wie du weißt, seit zwei Jahrzehnten kein Land deutscher Sprache mehr betreten..."

„Ja, ich weiß." Paul nickte.

„Seit damals, seit meiner Flucht aus Berlin, als ich den Häschern in letzter Minute entkam, bin ich nicht von dem Leiden genesen. Im Gegenteil – in der letzten Zeit ist es immer schlimmer geworden. Seit mich aus der Bundesrepublik die Nachricht von der Ergreifung jenes gewissen Herrn Adolf Eichmann erreichte, ist es nahezu unerträglich."

„O Schwester!!"

„Immer wieder diese Angst! Die schreienden Stimmen der Kinder und Frauen in meinem Kopf! Und dazu dieses entsetzliche Brüllen der Menschenschlächter aus Deutschland ... Paul, Paul, es hört nie mehr auf!"

„Beruhige dich, Nelly! Eines Tages wird es aufhören! Warte erst einmal den Droste-Preis ab..."

„Ich fürchte mich so vor der Preisverleihung drüben in Meersburg. Sie verlangten sogar von mir, in jener Stadt zu übernachten. Dabei ist es mir unmöglich, noch einmal – und sei es auch nur ein einziges Mal – die Nacht auf deutschem Boden zu verbringen! Es wäre mein Tod!"

„Darum sind wir hier in der Schweiz, meine Liebe." Paul neigte sich zu ihr, nahm ihre Hand in die seinige, sagte: „Schau, wir übernachten in Zürich und werden dann in drei Tagen gemeinsam mit einem Schiff über den Bodensee nach Meersburg übersetzen. Die Überfahrt wird am neunundzwanzigsten sein. Heute schreiben wir ja erst den sechsundzwanzigsten Mai, Zeit genug, uns vorzubereiten."

„Tja, heute---" seufzte sie und hielt inne. Paul hörte auf einmal ihr Schluchzen.

„Was ist mit ‚heute'?" fragte er leise.

„Heute ist Himmelfahrt!" schluchzte sie auf. „Die Menschheit feiert die Himmelfahrt Christi", sie rang mit den Tränen: „Und weißt du, mich erinnert der heutige Tag an eine ganz andere Himmelfahrt ... Damals ... ja, damals ... da sah ich ... Ich sah den Leib Israels ... sah den Leib Israels hoch in den Lüften ... hoch in den Lüften sah ich ihn, sah ihn im Rauch über dem Lager ... im schwelenden Rauch aus dem Schornstein heraus zum Himmel auffahren ... Mit eigenen Augen sah ich es an – und ich hörte: Es war eine Himmelfahrt aus Schreien."

Wasser flüstert sanft
Bäume am Ufer singen
vom Frühlingsmorgen

Beate Kunisch

Kay Ganahl

Ich, der ich in der Wupper wirke

Alles fließt,
Auch die Wupper -
Ein uns sehr vertrauter Fluss!

Seit Jahrtausenden
Lebe ich mit ihm:
Ich, das ewig währende Muss

Real und wahr …
Toller Geist oder gar Troll?
Weiß es selbst nicht!

Fragt mich doch, wer und was ich bin!
Gebt mir wenigstens einen Namen!
Fließe an bestimmtem Orte in der Zeit …

Unsichtbar entstanden, immer werdend
Als wirkendes Wesen in der Natur und
In einem in mir, aus mir und durch mich hindurch …

Dabei in eins fließend mit allem, einheitlich
Für alles und gegen alles
In einer großen Vielheit, - nichts endet wirklich -

Und ganz unbemerkt
Werde ich, dieses Wesen, größer und größer
Indem ich tätig bin.
Schließlich vereinige ich mich
Mit allen Kräften des Alls:
Bin ich bedeutender als alle – Wesen?!
Mit mir läuft alles weiter,
Das weiß ich ganz genau!

Und wenn ich meine kleine sinnvolle Arbeit tue
Erfahre ich großes Glück -

Kennt Ihr mich denn gar nicht, Ihr Menschen!?

Christiane Trunk

Verwundert

Verwundert trat ich in das Wäldchen
Da hockten die Krähen heiser krächzend
zu dunklen Klumpen
in den Wipfeln der Kiefern
Plötzlich zerstob ihr fettes Schwarz
flog mir taumelnd voraus
zur sonnenhellen Lichtung
um mir den Blick
übers Land zu gewähren

Karla J. Butterfield

Die Kinder des Unfugs

Als Kinder waren wir gerne alleine. Wenn die Eltern aus dem Haus waren, verkrümelten wir uns in die Scheune, in der es nach Holz und Maschinenöl roch. Oft endete unser Spiel mit dem Anrücken der Feuerwehr oder des Krankenwagens, wenn sich einer meiner Geschwister den Finger eingeklemmt hatte oder in die Jauchegrube gefallen war.

Dann gab es Hausarrest, der nicht anders als das Hocken in der Scheune war. Dafür kauerten wir in unseren Zimmern. Die drei Mädels in einem, wir drei Jungs in dem anderen. Das war ein Hausarrest mit Sahnehäubchen. Wir zogen eine Leine zwischen den zwei Zimmerfenstern, so wie die Wäscheleinen in Italien, und schickten uns Briefe, in denen wir wieder nur Unsinn ersannen. Oder wir klopften mit Klötzchen wie verrückt an die Wand und verständigten uns im Morse-Alphabet.

Unten in der Küche standen den Eltern die Haare zur Berge.

Als Marianne, die Älteste, uns beigebracht hatte, eine Shisha zu rauchen, verkündete unsere Mutter, sie wäre in einem Irrenhaus besser aufgehoben, packte die Koffer und verschwand auf Nimmerwiedersehen. Diese Geste verlieh unserer Einsamkeit eine Note der Melancholie. Das hieß, wir hielten uns ein paar Tage mit dem Unfug zurück, machten Hausaufgaben und putzten die Zähne.

Da sich das Geschirr in der Küche stapelte und wir nach Essen verlangten, brachte unser Vater eine Frau nach Hause, die kochte und putzte und sagte sonst nicht viel. Nur nachts ächzte und jammerte sie, als hätte sie Zahnschmerzen. Sie blieb nicht lange, wir lernten noch viele kennen.

Ich habe vergessen zu erwähnen, dass ich der Letztgeborene war, deswegen nie Prügel einstecken musste und von meinen Geschwistern stets in Schutz genommen wurde. Doch seit langem keimte in mir der Wunsch, einmal ein Zimmer für mich haben zu können, oder auf dem Klo sitzen zu dürfen, ohne dass jemand an die Tür klopfte

18

und mich verjagte. Vor dem Einschlafen sah ich mich auf einer Insel oder in einer Höhle – ohne eine Menschenseele weit und breit.

Über die Jahre verließen meine Geschwister das Haus, heirateten oder verzogen sich in Länder hinter dem Ozean. Mein Vater folgte der Mutter in das Heim der Verwirrten, und ich fand mich im Haus alleine wieder. So, wie ich es mir immer gewünscht hatte.

Nach und nach schmiss ich das ganze Mobiliar aus dem Fenster, weißelte die Wände und bohnerte den Boden. Nur eine Jogamatte hatte ich behalten und das Nötigste für die Küche. Zum Beispiel meine Teekanne. Zuerst tanzte ich durch alle Zimmer und sang, danach setzte ich mich in den Lotussitz nieder und genoss meine Einsamkeit. Von Zeit zu Zeit trank ich Tee und hörte die Stille flüstern.

Eines Tages kletterte eine Rose die Hauswand herauf und öffnete ihre Knospe direkt vor meinem Fenster. Als die Sonne gerade unterging, fiel ihr Schatten auf den Boden zu meinen Füßen. In meinen Inneren verspürte ich eine Sehnsucht. Ein Verlangen nach einem Menschen. Besser definiert nach einer Frau, die des Nachts ächzte und wimmerte.

Da ich keine Schuhe besaß, verließ ich barfuß das Haus, auf der Suche nach dieser Person. Sie zu finden, war nicht schwer. Sie strahlte das Licht der Einsamkeit über alle Menschen weit hinaus. Zuerst ließ ich sie in der Küche wohnen, und sie kochte mir Gerichte aus dem Fernen Osten. Dann machte ich ihr Platz auf meiner Jogamatte, und nicht mal ein Jahr später saß ein Klein- Buddha im Wohnzimmer. Und eh ich mich versah, wimmelte es nur noch von diesen Persönchen in Rosa und Hellblau im Haus.

Nun sitzen meine Rose und ich in der Küche, halten uns die Hände und lauschen dem Unfug unserer acht Kinder über uns.

Im See spiegelt sich
das erste Grün der Wälder
ihr Seufzen im Wind

Grünwald

Andreas Erdmann

Stell Stond

An der Wopper sot ech stell,
trureg onger Böümen.
Waterruschen, Well öm Well,
riët mech ut den Dröümen.

Wopper sprong met leïhtem Schwong,
mir jet te vertellen:
„Kopp huh! Böss nit trureg, Jong!",
huort ech ut den Wellen.

Water feng te flöstern aan:
„Lot dech nit su hangen."
„Och!" – Ech söüfzten, daiht wiër draan:
„Billa es gegangen..."

Wopper saiht: „Süökß du din Glöck,
hüör op, dech te riewen.
Kiek noh vüren, nit teröck,
lot din Sorgen driewen.

Gött doch nix, wat stell ens steïht.
Keïn Leïd es vergewes;
jiëder Floß stets wieder geïht,
ouch der Floß des Lewes."

„Danke, Wopper!", saiht ech dann.
„Böss eïn van den Tröüen.
Ech fang wiër van vüren aan,
bruk nix te beröüen."

Beate Kunisch
Die Zeit

meistens denkt man an die zeit
wenn wieder ist vorbei ein jahr
wundersame schnelligkeit
und erneut kaum wahrnehmbar

man beginnt zu überlegen
kann man wirken dem entgegen
ob sie besser eingeteilt
bei uns langfristig verweilt

wenn man eilig durch sie hetzt
sie sich dann wohl nieder setzt
und in ruhe wartet ab
nein - sie läuft erst recht im trab

die zeit lässt sich nicht binden
man kann sie neu erfinden
kann sie nehmen wie sie ist
egal wie lang die eigne frist

irgendwann sieht jeder ein
zeit vergeht – es muss so sein
es gibt nur den bekannten trick
genieße jeden augenblick

Martina Hörle

Der Strom im Fluss

Sagen Sie nicht gleich: „Das kann nicht sein. Allenfalls ist der Fluss im Strom, aber der Strom nicht im Fluss." Das ist, wie so einiges im Leben, Ansichtssache. Denn wenn der Strom nicht im Fluss wäre, würde vieles nicht funktionieren.

Der Strom fließt, und wie...

Meist kommt er direkt aus der Steckdose. In Form von Nullen und Einsen drängt er hinein in Elektrogeräte und treibt sie zum Arbeiten an.

Ebenso arbeitet unser Gehirn mit Strom. Auch in unserem Kopf wimmelt es von Nullen und Einsen. Deshalb geht uns ab und zu ein Licht auf. Das nennen wir Logik. Daraus folgt, dass Strom logisch arbeiten muss – was er auch tut. Entweder er fließt oder nicht. Dazwischen gibt es nichts. Das bedeutet: Wenn er nun mal da ist und arbeiten möchte, müssen wir uns darum kümmern, dass er das auch kann. Zu diesem Zweck stellen wir ihm eine ungeheure Menge an Geräten zur Verfügung, von der Planierraupe über den Toaster zum Laser in der Chirurgie. Dabei weiß der Strom, weil er intelligent ist, immer genau, wie viel Nullen und Einsen er in das betreffende Gerät schicken muss. Das tut er – nicht zu viel und nicht zu wenig. Hoffen wir, dass er immer zuverlässig arbeitet. Stellen Sie sich bloß vor, der Laser im OP bekäme die gleiche Strommenge wie eine Planierraupe.

Figurprobleme hat der Strom nicht. Er ist von Natur aus so dünn, dass er durch einen feinen Draht geht. Ach nein, er geht nicht. Wir wissen ja inzwischen, dass er fließt – jedenfalls, wenn er gebraucht wird und arbeitet. Ist er aber untätig, wird er dick. Das muss er auch, denn sonst würde er ständig aus der Steckdose fließen.

Will man zu dem Strom Kontakt aufnehmen, muss man sich ihm vorsichtig nähern. Er hat zeitweilig Kontaktschwierigkeiten. Auch lässt er sich nicht gerne anfassen. Er zuckt bei dieser Gelegenheit kurz zusammen und zieht seine Schlüsse – so genannte Kurzschlüsse. Hat er sich sehr erschreckt, schlägt Strom auch. Und das tut weh. Und dann zucken wir – manchmal nur kurz und dann nie wieder.

Man kann Strom nicht nur beim Stromanbieter kaufen – nein, es gibt ihn portionsweise in vielen Geschäften. Hübsch verpackt in kleinen runden Behältern oder auch in Blockform. Der Fachmann sagt dazu: „Batterie." Die kann man ruhig anfassen. Da tut uns der Strom nichts. Er kann aber in der Batterie nicht sehen, ob er gebraucht wird. Deshalb kommt er heraus und schaut nach. Auch hier ist er im Fluss bzw. läuft aus. Ist dann kein Gerät da, wird er sauer und frisst alles kaputt.

In einer Hinsicht kann man den Strom mit uns Menschen vergleichen. Auch beim Strom gibt es verschiedene Arten:

Der Wechselstrom wechselt ständig den Einsatzbereich und dem Gleichstrom ist alles völlig gleich.

Der Starkstrom ist unglaublich stark, deshalb nutzt man ihn gerne für Großgeräte, beispielsweise Bagger. Beim Nachtstrom muss man beachten, dass er nur bei Dunkelheit arbeitet.

Es gibt aber auch Strom, der dickköpfig ist und Widerstand leistet. Mit ihm zu arbeiten erzeugt eine gewisse Spannung.

Im Lauf der Zeit haben wir uns an den Strom gewöhnt und möchten ihn nicht mehr missen. Diese Gewohnheit nutzen die Stromanbieter schamlos aus. Sie schicken uns über Drähte den Strom ins Haus und nach getaner Arbeit holen sie ihn wieder. So bekommen wir immer und immer wieder den gleichen Strom ins Haus (nein, nicht Gleichstrom) und müssen ihn jedes Mal neu bezahlen.

Auf die Art bleibt nicht nur der Strom im Fluss, sondern ebenso unser Geld. Die Bezahlung erfolgt übrigens nach Tarif. Die zuständige Gewerkschaft ist bislang unbekannt.

Steph Engert

Das Lied der Undine Wippra

Quellen, immer mehr Quellen brachen aus dem Moor hervor. Ich war noch ein sehr junger, ungeformter Flussgeist und jede neue Quelle verwirrte mich. Welcher sollte ich folgen? Wie sollte ich sie zusammenhalten, zusammenführen zu einem richtigen Fluss? Wie sollte ich ohne bestimmten Fluss zu einem richtigen Flussgeist werden?

Schließlich sprach eines der Flüsschen zu mir und ich nahm es an - als meine Heimat, als Hauptarm für meinen Fluss. Doch immer noch konnte ich viele der Bächlein und Rinnsale nicht sammeln. Es schmerzte mich, zu sehen wie sie immer wieder versickerten, weil ich sie nicht leiten konnte.

Es dauerte sehr lange bis ich meine Fähigkeit entdeckte, aus dem Wasser selbst die Geister hervorzurufen, die mit mir zusammen diesen Quellen und Quellchen zu dauerhaftem Leben verhalfen - aber nur ich allein war und blieb der Geist des gesamten Flusses, der nun bald sein Bett gegraben hatte und geschwinde durch einen weiten Bogen zum großen Strom herunterfloss.

Später, sehr viel später kamen Menschen und siedelten an unseren Ufern - zum Guten zum Schlechten - wer konnte das wissen? Wir können die Zukunft nicht sehen, nichts abschätzen oder gar planen; wir wohnen nur in und mit unserem Fluss, sprechen, tanzen, singen mit unseren Fischen und den anderen tierischen und pflanzlichen Wasserbewohnern, den Gräsern und Blumen am Ufer, den benachbarten Luft- und Erdgeistern in einem immer wieder gewebten ausgeglichenen Muster von Wärme-Kälte, Bewegung-Ruhe, Überfluss-Mangel, Licht-Schatten, Tag-Nacht, Frühling-Sommer-Herbst-Winter. Viele Generationen lang verehrten uns die Menschen - den Fluss und mich als seinen Geist, die Pflanzen und Tiere. Sonne, Mond und Sterne, die auf uns herabschienen, zeigten ihnen Wege, Zeiten und den Geist des Universums. So weit wie möglich passten sie sich ein in unsere Muster. Wenn sie Tiere jagten dankten sie ihnen für ihr Opfer. So gingen Jahrhunderte und Jahrtausende dahin.

Die Menschen waren fleißig und genügsam doch auch immer unruhig auf der Suche nach mehr, nach Besserem oder dem, was sie dafür hielten. Sie verbesserten den Landbau ebenso wie den Bau von Häusern, suchten die Wege bequemer zu machen, ersannen neue Produkte, Techniken, Formen der Produktion - und dabei verließen sie immer mehr die Gemeinsamkeit mit uns, den Geistern und der Natur. Die Menschen zerrissen immer weiter das fein gesponnene Netz, das uns alle verband, erhoben sich über uns. Der Glaube an Fortschritt und daran, man könne alles machen, verhindern was stört, beherrschen ersetzte unsere gemeinsame Achtung für die All-mutter Natur.

Der Fluss wurde nun selbst "fleißig" – statt zu fließen, zu nähren und zu erfreuen arbeitete er Tag und Nacht, trieb Räder, Maschinen und Gewerke, hatte Wasser zu tauschen gegen verfärbte verfremdete "Abwasser". Immer weniger hörte der Fluss meine Stimme, meinen Gesang, der ihn geleitet, gereinigt und belebt hatte. Die kleinen Fluss- und Quellgeister waren schon fast ganz dahingesiecht, weil niemand sie mehr beachtete.

Auch ich war schließlich verstummt, kraftlos und krank, denn meine Lebewesen im Fluss starben ab. Die Schmutzbrühe brauchte keinen Geist mehr....

Als wir schon fast alle gestorben waren – der Fluss, die Tiere, die Pflanzen, die Geister, veränderte sich etwas. Ein Teil der Menschen dachte um, lernte sich zurück zu besinnen auf die Schönheit leben-diger Gewässer, in denen Lachse wieder springen sollten und sie machten sich ans Werk, den Fluss, der ihnen so lange schon gedient hatte, zu retten.

Noch gibt es erst wenige, die sich die Zeit nehmen und die innere Ruhe haben, um meinen Gesang, das noch sehr leise Lied der Undine Wippra wieder zu vernehmen....Aber es werden doch immer mehr.

Grünwald

Welkes Laub

Vergangen
der Sommer
Seine letzte Spur
auf leisen Wellen hinterlassen
Abschied

Christiane Trunk

Flieg!

Schmetterlingspuppe
Träumend und ernst
Halb noch in Kälte erstarrt
Aber in Deiner Aura
Flirren schon die warmen Farben
Lebendiger Fluss
Von Freude und Kraft
Trau Dich
Flieg und fliesse!

Andreas Erdmann

Der Werwolf

En der auler Tiet, öm dat Johr 1750 leffden nen armen Schlieperschmann met sinner Frau en nem aulen, wengkscheïfen Dengen am Wegkrütz em Solig, wo der Weg nohr Krohenhüh op den Meïgener Padd troff. Jiëden Morgen nohm he sech den Liëwerkorf op de Ahße on trock vam Krützweg den Brüöhl eronger. Hütt äwwer hiël die Frau en teröck: „Nelges, gangk nit! Et es nen decken Newel derbutten. En suner Zoppen, wer wiëten et nau, jöüstert der Werwolf am Brüöhl durch den Bosch!" – „Liëf Weïht, ech mott en den Kotten! Et Käßken es ledeg, wir hant nix te köüen."

„Em Heih vüregen Mont", vermannden se en, „hät der Wehrwolf am Ierlen den Reïder vam Entenpuohl agefallen." - „En büs Geschechte", saiht he, „doch nu mott ech loß!" He gof ehr nen Butz on mackten sech op den Weg langes den Birkenweïher. Et geng bergaff durch de Newelzoppen. Der Bleck wor verschwommen. Men sooch nit de Hangk vürm Geseïhten on keïnen Boum röm on töm. Om halwen Berg kort vürm Ierlen schot he eneïn on bliff stonn. Uh, da wor wat! Wat wor dat? Vam Ongersberg huort he en Käffen. Dann en gröülech Hüllen. Em wuort et benaut. Wor dat nen Hongk? Nee, dat wor doch nen Wolf!? Awat! secher schrou do nen Hongk, on de wor wiet weg. Sier trock he eronger tem Brühl on geng op de Küöggsmüöhlen aan. Den Dag üöwer klörten et Weder nit op. Wie de Schlieper des Owes em Düstern met den geschliëpenen Klengen heïmtrecken woul, hiël en der Kottenmeïster teröck: „Nelges, gangk nit, schlop em Kotten! En suner Zoppen jöüstert der Werwolf am Brüöhl durch den Bosch!" - „Äwwer ech mott vanowend noch nom Faberkanten liëwern. Et Käßken es ledeg, wir hant nix te köüen." Su trock he loß.

Em Brüöhl wor et stiëkendüster. De Loft wor tem Schnieden. Wie de Mann met der Mangen den Berg eropklomm, fiël em et Örmen arg schwor. Puh! geng et bluß. Hengerm Ierlen kom he vam Weg aff, trock durch en Gebösch. Op eïmol, hengerröcks, huort he wiër dat Hüllen! Nee, dat wor keïnen Hongk, ihrder nen Wolf! Flöck mackten he sech durch de Brommeln. En Rascheln. Henger em knackten et Hoult! He föllt nen warmen Föch em Kneck, dann gof et nen Schnuck! Der Werwolf! schot et em durch den Kopp, schinns nen ganz decken Brocken, es mer hengen op de Mang gesprongen! Die Mang, bleïschwor, braiht en tem Kümen. Wat wor te donn? Sech ömtekiehren on den Wolf erongertedöüen wor lewesgeföhrlech. Denn wenn men dem Ondier en't Oug sooch, hatt men sinn Lewen äs Mensch verspellt. Eïnen Biët van em, on men wuort selwer tem Wehrwolf. Dat woß de Mann. Su koun he bluß hopen, datt em dat Dier wier vam Korf sprong on sech dervanmackten. He schleppden sech wieder den Berg erop on wor büs am Jappen. Zapp! schluog em van vüren en Schlouht en't Geseihte. Van hengen nen Knorren on nu nen deftegen Schlag en den Röggen! De Liëwermang, schwor wie nen Bleïklotz, dout en terdeel. He geng en de Knië, kippten noh vüren, Hals üöwer Kopp. He klappten tesamen, log en den Brommeln am Borm, souht noch te schreïen. Drop wuort et em schwart vür Ougen.

Früöhmorges fong nen Tropp met Höng on Löühten den Schlieper Nelges vürm Wegkrütz. He wegten sech nit. He wor musdut. Van dem Dag aan hiësch et em Solig, de Weg nohm Brüöhl wör verfluokt, on die Soliger woren büs bang vör dem Werwolf. Bluß der Paschtur, der den Schlieper onger de Erd braiht, glöüwten nit an den Awerglouwen. Beï der Lieken saiht he den Lüden, der Schlieper wör dutkrank gewesen. Met sinner Steïnlongen koun he em Newel koum örmen, on die schwor Mang hätt em den Orm dann ganz affgedout. He wör ersteckt. Äwwer völl Soliger glöüften em nit. Dat Ondier geng ehnen nit ut dem Koppe, su datt se den Oort am Wegkrütz den Werwolf nöümden

Beate Kunisch

Elfchen

Strand
Sandspuren erzählen
Gräser singen mit
Meer und Himmel dazwischen
Grenzgang

Martina Hörle

Muss so sein

Plätschert leis' ein kleiner Bach,
fällt ein Blatt da rein.
Wasser trägt es mit sich fort.
Muss so sein.

Sonne scheint bis auf den Grund,
liegt ein Kieselstein.
Flitschte eben 7 Mal.
Das war fein.

Fische schwimmen ach so schnell
in das Netz hinein.
Fischer lässt sie wieder frei.
Sind noch klein.

Auch der Storch kommt nun zum Bach,
steht auf einem Bein.
Hält im Schnabel einen Frosch.
Wie gemein!

Und dann wird es langsam Nacht.
Ruhe kehret ein.
Darum lassen wir den Bach
jetzt allein.

Kay Ganahl

Eine fließende Zeit

Tage verkaufen und kaufen:

Ein Tag, normaler Tag - ein Tag von vielen Tagen, irgendeiner, den man wieder vergisst. Doch das war noch nicht entschieden!
Es gab immer wieder Tage von Bedeutung, sogar von denen, die als normal betrachtet wurden! Ein oder zwei, wohl eher einer, errangen eventuell höhere Bedeutung. Dies blieb im Gedächtnis haften.
Und: Es wurden Tage neu produziert oder man akzeptierte gebrauchte, die man leichthin wieder verschwinden lassen konnte, als hätte es sie niemals zuvor gegeben. Wenn das nicht erwähnenswert ist!?
Deren Existenz konnte ganz verleugnet werden, derartiges verlangte gute Vorbereitungsarbeit, die ihrerseits verleugnet werden konnte, da man für ihre Vernichtung einen funktionstüchtigen Apparat hatte. Den meisten Menschen war er nicht bekannt.
Nicht nur Tage – also Zeit – waren herstellbar (Man schuf sie aus dem Nichts heraus!). Sondern auch simple Lebens-Tatsachen, das normale Einerlei des Erfahrens, des nichtswürdigen Mit- und Durcheinanders, wurden hergestellt. Schließlich aneinander geklaubt und billig verkauft!
Je billiger, desto besser!
Wer wollte, der konnte sich welche besorgen oder besorgen lassen, kein Problem war das. Es ging sehr einfach vonstatten! So hieß es, doch die Realität sah anders aus …
Des Öfteren musste man nämlich – als jemand, der sich Gedanken machte, weil er sich für die Zeit an sich interessierte und sie sehr wichtig nahm – eher konsterniert feststellen, dass die Zeit, die irgendwelche brauchten, um Tage und Tatsachen zu produzieren, gerade mal eben hinreichte.
Zeit war ein Gut. Ein teures. Eben! Endlich begriffen und in der vollen Bedeutung erkannt? Vermutlich, es ist jedenfalls zu hoffen.
Die Zeit hatte gar ihre „Geheimproduzenten"! Das mag man kaum glauben …

Es war ein Verkaufen und Kaufen - ! Ja doch: Wer denn nur? Wie genau? Wann und wo …!?

Tappte man als Individuum im tristen Nebel-El Dorado eines wirklich Unerfahrenen, dem man sich aussetzen musste, weil es befohlen wurde?

Ja. Eindeutig. Oder etwa doch nicht?

Das war jedenfalls, so muss angenommen werden, ein einträgliches Geschäft für manchen, der skrupellos genug war. Natürlich musste diese Person, mussten diese Personen gegenüber den vielen Menschen anonym bleiben.

Offen erkundigen durfte sich keiner, nicht einmal nach den billigsten Tatsachen auf dem Markte!

Angst ging um.

Was hieß schon „Angst ging um"? Fragen zu stellen war auf alle Fälle notwendig. Jeder Mensch sollte dazu imstande sein. Wer - ?

Folgendes …

Kein Geist, auch nicht irgendein Gott, befahlen das Fragenstellen heimlich oder offen –

Auch keine fremde Macht, die über Menschen herrschte oder in Menschen ihr Unwesen trieb –

Das personifizierte Geld interessierte sich nur für Geld und dessen Mehrung … -

Auch keiner der bekannten oder weniger bekannten Würdenträger übte sich im Befehlen von derartigen Fragen -

Ebenso hielten sich Geheimdienstleute zurück; von denen war eh nichts Sinnvolles zu erwarten -

Und Politiker lärmten bloß öffentlich wegen eines sich aufbäumenden Nichts, welches ihnen Geheimdienste bekannt gemacht hatten. Sie unterließen jedoch das Entscheiden und Handeln – und die Fragen -

Sogenannte Normalbürger brauchten mehr als andere Menschen die nackten Tatsachen, hatten jedoch weder genug Geld noch genug Macht, um das Fragen zu befehlen … -

Es tag-te, wurde wieder ein Tag nach dem anderen verursacht, und die gesellschaftlichen Ereignisse fanden statt. Lebenstatsachen wurden geschaffen.

Ich wusste ja schon immer, dass unser Leben nur ein Fließen ist, nämlich ein Fließen des Flusses, der der Fluss der Zeit ist!

Es wurde dann auch – kein Zweifel war angebracht - … ein Mann! Die Fortpflanzung der Menschheit kannte keine zeitliche Grenze, kein Stopp!

Nun folgt demgemäß die …

kurze Geschichte eines Mannes als ein „satirischer Einwurf ins Leben der Menschheit, die der fließenden Zeit ausgeliefert ist": Dieser Mann war mittelgroß, keine vierzig Jahre alt und kein Arbeiter, sondern ein Angestellter. Gedankenvoll und selbstkritisch nahm er sich wahr als jemand, der „durch das kleine Alltagsgeschehen treibt". Er trieb also im Fluss der Zeit – dieser kannte keine Gnade. Und mit den Jahren schwanden deshalb Lebensenergie als auch Willenskraft bis auf das Mindestmaß. Er fühlte sich rund zwanzig Jahre älter als er war.

An irgendeinem Tag dieser eine Mann in einem Haus: Hier gab es Leben.

Er befand sich im Augenblick direkt an der rot lackierten Wohnzimmertür, die er dann einen Spalt weit öffnete, ohne die Absicht des Eintretens anzuzeigen. Er gefiel sich in einem unauffälligen, quasi-geheimen Vorgehen. Keiner im Wohnzimmer schien seine Aktion zu bemerken! Er stank so vor sich hin, war in Zeitnot und sehr gestresst, was die anderen in seinem Gesicht hätten lesen können.

Und sein Gesicht zeigte er jetzt offen her, sein Groll war groß. Immer noch wurde keiner richtig aufmerksam auf ihn -

Das Zittern seines Leibes war schrecklich, als er dann von anderen besonders beachtet wurde. Während er sich mit langsamen Schritten in das Wohnzimmer hinein bewegte, starrten sie ihn unverwandt an. Es entrang sich ihnen kein einziges Wort. Wie viele waren es? Drei oder vier Menschen, deren Interesse sofort stark anwuchs. Männer.

Sie lächelten, begannen schließlich, sich freimütig zu unterhalten, um das Verhalten des Mannes freundlich zu kommentieren. Er stand da und glotzte sie an.

Gekleidet waren sie wie Arbeiter aus einer der nahen Fabriken: blaue Jacke, blaue Hose, blaue Schuhe. Blau gefärbte Haare. So weit war es mit ihnen schon: Arbeit, Arbeit über alles!

Der Mann hingegen war in einen weißen, sehr schlicht gestalteten Leinenanzug geworfen.

Des Eingetretenen Gestank (eine sichtbare Gaswolke!) drang weit ins Wohnzimmer zu den Männern vor, verbreitete sich schleichend in Bodennähe, konnte gefährlich werden. Sie riefen so etwas wie „Weg damit!" oder auch „Das ist gefährlich!"
Niemand konnte erahnen, dass es eine geplante Aktion war, die dieser Mann namens Luggi in seinem eigenen Wohnzimmer ausführte, denn er war ein Agent eines feindseligen Staates, dazu noch ein sogenannter Master Agent! Unglaublich. Nur er selbst wusste davon. Wirklich genau hätte das kein anderes Wesen auf der Welt wissen können - - -
Der Gestank veranlasste zum sorgenvollen Nachdenken, der Eingetretene merkte es den Männern an.
Dieser fand jetzt zu keinem konstruktiven Gedanken, packte mit beiden Händen seinen Kopf, sagte laut: „Ei. Ich habe was zu tun, was eine Schwere des tapferen Gedankens erforderlich macht." Das konnte nur scherzhaft gemeint sein. Oder?

Er stand danach still abwartend mitten in seinem eigenen Wohnzimmer. Dachte nach, beobachtete die fragwürdige Wolke im Zimmer … seine Agententätigkeit beschloss er von nun an sein restliches Leben lang voll und ganz für sich zu behalten.
Luggi, so hieß er übrigens wirklich, befand diesen Tag für einen normalen Tag. Wer in dem Wohnzimmer war, wusste er nicht ganz; es war für ihn im Grunde auch ohne Interesse. Deshalb blickte er mal kurz zu Boden. Der Perserteppich, kein Original, war voller Spuren von irgendwelchem Unrat aus den Straßen der Stadt. Die Fabrik ließ grüßen!
In Luggi stieg ein unangenehmes Gefühl hoch, so dass er zornige Augen schweifen ließ … da stand auch Pallermann.

„Du brauchst auch diesen Gestank hier nicht, Luggi!" rief Pallermann aus, der mit Luggi ein wenig befreundete Arbeiter aus Italien, dessen Adlernase so römisch aussah wie die des Julius Cäsar, so weit dessen Gesicht der Nachwelt überliefert wurde.

„Was meinst Du?" reagierte Luggi sofort. Pallermann hob seine rechte Hand zum Gruß und grinste in die Breite. Seine Stimme rutschte tiefer: „Du bringst ihn, diesen Gestank … von draußen mit, wieder und wieder. Dabei ist der Unrat schon im Wohnzimmer …!" Die Ironie der Äußerung wirkte auf Luggi komisch, so dass er zu lachen begann. „Ha! Ich brauche Ekel, um leben zu können!"

Nachdem Luggi ein paar Schritte zurück zur Tür getan hatte, setzte der Gestank seinen Weg in Form der immer größer werdenden Wolke, die alles im Zimmer und auch das von draußen Mitgebrachte umfasste, durch das Wohnzimmer fort. Gesteuert. Von irgendwoher. Es war ein dominanter, ja sehr hungriger Gestank, dem man nicht entweichen konnte, wenn man ihn einmal wahrgenommen hatte.
Der Italiener Pallermann rutschte auf seinen Knien dem Luggi nach, der nur noch einen sehr schmalen Spalt weit die Tür hinter sich geöffnet hielt.
Luggi konnte sich, des Gestankes Auswirkung war offenbar frappierend, noch gerade so auf den Beinen halten, er rief kurz um Hilfe, als er durch den Türspalt lugte.
„Heeee, Hiiii!" kam es aus ihm.
Der Italiener kroch zum Spalt, riss die Tür auf, warf sich dann auf Luggi, der sich des Arbeiters nicht erwehren konnte.
Die anderen lachten Luggi aus: Was für ein Zirkus!
„Peinlich, weg hier, Du blöder Köter!" fluchte Luggi, konnte sich ein wenig befreien.
Vielleicht war Pallermann losgeschickt worden, um einen üblen Auftrag zu erledigen, weiter nichts. Erklärungen schienen hier überflüssig. Er tat das, was er tat, mit einiger Inbrunst, sehr wahrscheinlich in genau der Art, die ihm – höchstwahrscheinlich - anbefohlen worden war. Und Luggi? Er kannte nur die Befehle, welche er sich selbst in seiner Funktion als Master Agent erteilte.
Der „geschlagene" Pallermann zog sich dann ein wenig zu seinen Fabrikkollegen zurück. Die grinsten nur noch.

Der Gestank, eine nun am Wohnzimmerboden langsam schleichende Wolke, war meilenweit zu riechen, nachdem sie aus dem Wohnzimmerfenster getreten war und die Menschheit erfreute - wurde vom aufkommenden Wind in dem Stadtviertel verbreitet. Luggi, Pallermann und die anderen bemerkten diese fatale Ausbreitung zunächst nicht. Sowie deren Bedeutung.

Luggi ging – ahnungsvoll blickend - auf die Toilette im Flur und sah aus dem kleinen Fenster auf die Straße hinaus: Dort war sie. Breitete sich aus. Wie wild. Die Menschen, die sie wahrnahmen, produzierten gedankliche Fragezeichen in ihren Gesichtern.

„Jedenfalls ist jetzt etwas in Bewegung geraten, das hat was Gutes!" rief Luggi auf die Straße hinaus. Einige Gesichter starrten sofort zu ihm hoch. Er winkte ausgelassen.

Pallermann stand plötzlich neben Luggi und grinste blöde.

„Die sind überrascht, die Leute! Wahrscheinlich befürchten sie das Schlimmste! Sie könnten ja vergiftet werden, he!" äußerte Pallermann aufgeregt, sein Grinsen hatte er für wenige Sekunden abgestellt.

Und Luggi: „Das ist leicht nachvollziehbar. Jede am Boden kriechende Wolke muss auf jedermann bedenklich wirken!"

„Es ist wie aus einem Horrorschocker-Movie!"

Luggi nachdenklich: „Es fließt allen, beziehungsweise schwebt allen Menschen ein schöner, vielleicht tödlicher Gestank zu …!"

„Schön?!"

„Genau, Pallermann!" rief dann Luggi aus. Er kratzte sich genüsslich hinter dem rechten Ohr. Ahnungsvoll. Dann lachte er auf.

„Wird schon …!" entsprang seinem Sprechorgan.

Rund eine Stunde lang standen die beiden am Toilettenfenster und beobachteten die Straße.

„Wahrscheinlich wird die ganze verdammte Stadt jetzt total vom Gestank durchzogen", so meinte Pallermann. Er guckte Luggi fragend an. Was er sich wohl dachte? Zumindest, dass hier offenbar etwas schief gelaufen sein könnte – oder gerade genau richtig!

„Ja. Sie wird vom Gestank heimgesucht, aber das ist nichts, worauf ich stolz sein könnte. Die Stadt muss leiden. Die Stadt muss qualvoll …"

„Ach so. Ist das etwa geplant gewesen? Oder ein dummer Unfall?" fragte Pallermann, mittlerweile durchaus etwas aufgebracht gegen den auffällig gelassenen Luggi.

„Ich habe mir vorgenommen, alle Stadtbewohner, die mich hassen, zu ermorden. Durch Gas. Ich bin immun dagegen."

„Meine Kollegen …!?!?!" rief Pallermann entsetzt aus und begab sich zu seinen Kollegen, die im Wohnzimmer auf dem Boden lagen. Tot.

Luggi blieb am kleinen Fenster stehen.
Alldieweil hatte sich der Gestank tödlich entfaltet, dadurch auch eine gewisse morbide Symbolkraft gewonnen, die auf die Notwendigkeit dessen schließen ließ, dass einfach kommen musste. Der Tod würde bald überall sein, durch jede noch so schmale Ritze ziehen …
Die noch lebenden Menschen verhielten sich ungewöhnlich. Sie kamen und tanzten, sobald ein paar Feuerwehrwagen mit Sirenengeheul angefahren gekommen waren, dann die Sirenen abstellten und dafür primitive Schlagermusik spielten.

Auch vor den Augen Luggis begab sich ungewöhnlich Komisches, denn fünf oder sechs junge Mädchen entkleideten sich und sangen religiöse Psalmen, aber ganz der Schlagermusik entsprechend.
Und dieser Pallermann rannte, als wäre er komplett wahnsinnig geworden, auf der Straße vor Luggis Haus hin- und her; es wuchsen ihm Flügel und er startete gen Himmel. Das hatte eine sehr große Symbolkraft.
Luggi rief ihm nach: „Wer hat Dir gesagt, zu starten?"
Pallermann antwortete jedoch nicht. Von einer derartig bestechenden Symbolkraft war in den Monaten vorher hin und wieder in der Öffentlichkeit die Rede gewesen.
Die Straßenszene war real und als solche für Luggi voll wahrnehmbar, aber Luggi schien sie wie hinter einem surrealen Schleier gehalten.

Dann kam Luggi der Gedanke, sich auch ins Freie zu begeben - hing mit seinem nach außen gewandten Gesicht an dem Toilettenfenster; war derart eifrig, dass ihn spätere Videoaufnahmen von dieser seiner Handlung zum Lachen gereizt hätten. Bald baumelte er sogar mit seinem Kopf nach unten an der Außenseite des Fensters, wäre beinahe raus gestürzt, so schwierig war es für ihn, sich zu halten. Gut und gerne einige Minuten vergingen.
Diese zogen sich quälend lange hin, doch auch erkenntnisreich,

weil er währenddessen bewusst mit einigen Gedächtnisinhalten aufräumte, wenigstens versuchsweise eine Reinigungs- und Ordnungsaktion durchführte. Das gelang ihm nicht schlecht.

Er war wohl, so erinnerte er sich in darauf folgenden Minuten, ein Mann gewesen, der etwas auf sich hielt und dessen materielle Zukunft gesichert war - für den die Möglichkeiten der Persönlichkeitsentwicklung offen lagen und er, wie er damals geglaubt hatte (jedenfalls in seiner Erinnerung) nur zuzugreifen hatte, um sein eigenes Leben zufriedenstellend zu gestalten.

Aber dann … war er auf einen ganz befremdlichen Gedanken gekommen: Tod allen! Angesichts dessen, dass es ihm recht gut ging, er durchaus bei Sinnen war und normale Lebensaussichten hatte, war dieser Gedanke für sich genommen katastrophal, um nicht zu sagen irrsinnig.

Als Grund galt ihm, den Fluss der Zeit beenden zu müssen!

Sagte damals einmal so vor sich hin, als er niemanden um sich herum wähnte: „Der Fluss der Zeit ist mir etwas Unerträgliches, - ich fühle mich krank und ertrage die Menschheit nicht mehr. Denn sie wird größer und größer. Ich bin Teil von ihr, nur ein ganz winziger Teil! Das reicht mir nicht! Ich muss mit, obwohl ich allein und der Einzige sein will! Die anderen müssen bald tot sein. Das wäre klar!"

Alsdann beendete Luggi die unbequeme und gefährliche, aber erkenntnisreiche Phase, die offensichtlich etwas Selbstmörderisches an sich hatte. Wieder direkt an dem kleinen Toilettenfenster stehend, gab es allerdings keine Freiheit mehr, auch keine des Erinnerungsflusses, der konkreten Erinnerungen, die aktualisiert wurden. Alles schwirrte jetzt und er fürchtete sich. Natürlich wollte er die Furcht unterdrücken.

Zwei Italiener kamen herbei und zerrten ihn in den Raum zurück.

„Nur nicht rausspringen, Chef!!!" forderte der junge, sehr gelenkige und eloquente Alberto und strich Luggi über die rechte Wange. Antonio, der andere, lächelte dazu nur.

„Schon gut, schon gut …", so bedankte sich Luggi bei seinen Rettern. Alle gingen ins Wohnzimmer.

Die Straße wurde immer interessanter für Luggi, auch für die anderen - alle begannen, intensiv das Leben auf der Straße zu beobachten. Und alle staunten nicht schlecht über die Geschehnisse draußen. Es lagen schon einige Tote in den Rinnsteinen. Gefeiert wurde trotzdem oder gerade deswegen ausgelassen und in allen Ecken des Viertels, so weit es von hier oben zu erkennen war.

Pallermann flog im Himmel. Es war wie auf einer surrealen Kirmes.

Grünwald

Himmelsleiter

Der Rohrdommel Jubel
schwebt einsam
über den Wassern
steigt empor
an den Strahlen der Sonne
Himmelsleiter
aus Licht und Gesang
weist meiner Seele
den Pfad
ins Paradies

Beate Kunisch

Schweigender Flusslauf

Ruhiges Wasser schweigt, möchte Spiegel sein für Bäume und Sträucher. Sommerlicht verirrt sich im hohen Gras und spielt mit den Schatten.

Schweigender Flusslauf
Als Spiegel für grünen Rand
Sonne und Schatten

Karla J. Butterfield
Du bist einmalig

In einem Königreich, reich an Bergen und Tälern, lebten zwei Prinzessinnen. Die eine war die Bergprinzessin, die andere die aus dem Tal. Sie besuchten sich oft, nahmen zusammen am Unterricht teil und spielten gemeinsam. Was für eine Freundschaft!

Als sie erwachsen und von Prinzen unaufhörlich umworben wurden, schüttelten sie ihre Köpfchen, lachten und wollten nur zusammen bleiben.

Das gefiel den beiden Königen vom Berg und Tal nicht. Sie bestanden auf Hochzeiten und das so bald wie möglich.

Eines Nachts, als sich der Mond hinter den Wolken verzog, fiel ein Kuss einer Goldmünze gleich.

Die Prinzessinnen nahmen sich an den Händen und verließen das Land ihrer Väter. Nach langem Hin-und-her-Wandern kamen sie in ein fremdes Land, mit einer frischen Brise, flach und übersichtlich. Hier wunderte sich keiner, dass sie die Hände hielten und sich küssten. Die Einheimischen trugen ihre Herzen am rechten Fleck. Alle gewöhnten sich an das seltsame Paar. Nur manche Männer, vorwiegend die muskulösen, machten einen großen Bogen um sie und sagten verächtlich:

„Wie soll **das** denn gehen? Unmöglich. Ohne uns, unmöglich!"

„Was hältst du davon, wenn wir heiraten?" fragte die eine Prinzessin die andere, die den Vorschlag für eine gute Idee hielt. So heirateten die beiden an einem Sonntag, als die Tulpen in voller Pracht blühten, und bald dachten sie über eine Familiengründung nach. Es war so natürlich wie der Wind, der vom Meer wehte. Aber dann wieder schwer, denn wer sollte nun der Vater und wer die Mutter sein?

„Unfassbar!" sagten nun auch die, die ihr Herz am rechten Fleck trugen. „Wie soll denn das gehen?"

Die Prinzessinnen, die sich so sehr liebten, gerieten ins Grübeln und dann sogar in Streitigkeiten. Die Welt brach für sie zusammen. Eines Tages waren die beiden fort. Die Nachbarn sahen die eine nach Osten, die andere gen Westen über das große Meer verschwinden.

Aber eines anderen Tages waren die beiden wieder da, mit Bäuchen wie Melonen und rosigen Wangen. Sie umarmten sich, soweit es möglich war, und küssten sich lange. Und alle klatschten.

Wenige Monde später sah man die beiden Kinderwagen schieben. Und alle riefen: „Was für ein schöner Junge und das Mädchen erst. Goldig!"

Und so wie die Tulpen wuchsen plötzlich mehr gleiche Paare aus dem Boden heraus und trauten sich unter die Menschen. Auch andere Königreiche waren dabei. Nur die Vermummten liebten diese neue Mode nicht. Ihr Gott war erzürnt.

Und wen interessiert, was aus dieser Geschichte oder besser gesagt Liebe, geworden ist, der wisse:

Das Mädchen und der Junge wuchsen gemeinsam in einer glücklichen Familie auf, und als sie größer wurden, verliebten sie sich und heirateten einander.

Jetzt denkt gut nach! Obwohl sie Geschwister waren, war dies ohne weiteres möglich.

Und wenn sie nicht gestorben sind, leben sie noch heute.

Wer weiß, was aus ihren Kindern wird.

Andreas Erdmann

Der Himmel

DER HIMMEL voll Würmer,
die Engel gestürzt,
und furchtbar, geworden,
das Antlitz der Erde.

Niemand weiß mehr
die flammenden Meere
zu löschen.
Wüssten wir,
wüssten wir keinen Schritt
mehr voran
auf dem Wasser.
Die Zeit schreitet fort, -
nicht wir.

Wir stehen.
Wir sehen
und hören
und schweigen.

Wir schweigen uns aus.

Oktember

Entblättert,
wie schwarze Buchstaben
stehen die Bäume
gegen den Himmel
und schreiben das Schattenwort ‚Herbst‘
an das weiße, papierne Gewölk.
So lese ich mich
durch den Wörterwald,
lese mich, Zeile

um Zeile,
durch das Gedicht
der gelichteten Täler
und sehe, wie Schlehen
sich langsam zum Winterschlaf neigen.
Noch wispert der Hauch eines Windes
durchs Silbengesträuch.
Doch die Vögel schweigen schon stille
im Holz.
Und alles, was war,
ist verstummt.

In der Dämmerung aber,
vom Künftigen her
kommst du mir entgegen
und rufst mich heim
im Buch dieser Welt:
Dein Wort leuchtet hell,
hell und heller,
und weist mir von vorne
den Weg.

Kay Ganahl

Kein Fluss mehr

Lange schon sitze ich im Boot und rudere
Auf der Stelle vor und zurück -
bald kopflos wohl

Was ringsherum zu sehen ist
Wird bald nicht mehr fließen,
es staut sich auf. Ich staune

Wie wahr: die Zeit hat sich mir ergeben;
Naturpracht ist dabei zu vergehen.
Ich bin der Ruderer, wahnsinnig ausrufend:

„Fasse mich ganz kurz
Und schlage mit der Faust
Die letzte Fensterscheibe ein im Traumgefängnis!"

Nicht mehr getrieben, ohne jeden Zweifel am Ende der Zeit
angekommen!

Grünwald

Der taube Jüngling

Vor langer Zeit lebte in einem kleinen Dorf ein braves Bauernpaar. An einem sonnigen Frühlingstag wurde den beiden ein Knabe geboren. Sie nannten ihn Ulrich. Er war der ganze Stolz der Eltern und beide kümmerten sich liebevoll um den Säugling. Ulrich gedieh prächtig. Doch irgendwann merkten die Eltern, dass mit ihrem Kind etwas nicht stimmte. Da machten sie sich auf den Weg zu einem angesehenen Heiler, der im Nachbardorf wohnte. Der Heiler stellte fest, dass der Knabe nichts hören konnte und wohl schon seit seiner Geburt taub war. Traurig kehrten die Bauersleute nach Hause zurück. Ulrich wuchs auf. Früh schon begann der Knabe, den Eltern auf dem Feld zu helfen. Freunde hatte er keine. Die Nachbarskinder konnten nichts mit einem anfangen, der weder hören noch sprechen konnte. So mieden ihn die meisten von ihnen, verzogen sich sofort, wenn sie ihn kommen sahen. Manche fürchteten sich sogar vor ihm. Ihnen war der stille Knabe mit den wachen blauen Augen unheimlich. Und die seltsamen Laute, die er manchmal von sich gab, jagten ihnen Angst ein.

Der Sohn des Schmiedes war ein besonders wilder Bengel, der sich einen Spaß daraus machte, Ulrich aus der Ferne mit Steinen zu bewerfen. Das fanden die anderen Knaben lustig und taten es ihm bald nach. So wurde Ulrich zum Gespött aller Kinder. Er traute sich bald nicht mehr, allein durchs Dorf zu gehen, verbrachte die meiste Zeit bei seinen Eltern auf dem Feld und arbeitete hart. Oder er saß allein zuhause in der engen Wohnstube und spielte mit einem Kätzlein, das er lieb gewonnen hatte.

Als Ulrich zehn Jahre alt war, begann er, Streifzüge in den nahen Wald zu unternehmen. Wohl konnte er den Vogelgesang nicht hören, doch er vermochte es, sich stundenlang auf einen einsamen Felsen zu setzen, die Vögel und Eichhörnchen zu beobachten und den vielen Insekten zuzusehen, wie sie umherschwirrten oder durchs Laub krabbelten. Jeden Tag kam er zu seinem Felsen. Die Tiere begannen, ihre Angst vor ihm zu verlieren und wagten sich dicht an ihn heran.

Manchmal ließ sich sogar ein kleiner Sperling auf seiner Schulter nieder.

Ulrich liebte den Duft des Waldes, der Bäume, des welken Laubes und des feuchten Bodens, wenn die ersten Regentropfen nach einem heißen Tag vom Himmel fielen.

Der Knabe dehnte seine Streifzüge immer weiter aus, entdeckte jeden Tag andere uralte knorrige Bäume, versteckte Lichtungen, mächtige Felsen.

Eines Tages stieg er eine Erhebung hinauf. Oben angekommen, stand er plötzlich vor einem Abgrund, der fast senkrecht in die Tiefe abfiel. Unten, am Fuße der Felswand, breitete sich ein sanftes Tal aus, durch das die Wasser eines ruhig dahinfließenden Flusses in den Strahlen der Sonne glitzerten. Lange Zeit stand der Knabe am Abgrund, in stille Betrachtung versunken. Als es schließlich Abend wurde, musste er sich zwingen, diesen wundersamen Ort zu verlassen.

Besorgt beobachteten die Eltern, wie Ulrich gedankenverloren in seinem Abendessen herumstocherte. Schließlich fragte ihn sein Vater mit den Handzeichen, mit denen sie sich zu verständigen gelernt hatten, was mit ihm wohl los sei. Da berichtete er ihnen von dem geheimnisvollen Fluss, den er entdeckt hatte. Sein Vater erschrak sehr, als er begriff, von welchem Ort sein Sohn ihm zu erzählen versuchte. Er packte den Knaben bei den Schultern und sah ihm mit todernster Miene in die Augen. Dann bedeutete er ihm, dass er sich nie wieder in die Nähe dieses Tals wagen solle und quälte Ulrich so lange, bis es ihm der Knabe versprach.

Ulrich hielt sein Versprechen. Auch wenn es ihm nicht leicht fiel, er kehrte nicht mehr zu dem Tal und seinem glitzernden Flusslauf zurück.

Das Leben ging seinen gewohnten Lauf. Die Aussaat im Frühjahr, die Pflege der Felder im Sommer, die Ernten im Herbst, die langen müden Winter, das Warten auf die ersten Strahlen der Frühlingssonne. So vergingen die Jahre. Ulrich wuchs zu einem stattlichen Jüngling heran. Noch immer mied er das Dorf und verbrachte die meiste Zeit im Wald. Nur wenn Giselda, die hübsche Tochter eines Milchbauern, auf den Hof kam, um die Kanne Milch abzuliefern, war Ulrich immer in der Nähe und betrachtete sie mit verträumtem Blick. Eines Tages fasste Ulrich all seinen Mut zusammen und trat Giselda in den Weg, als sie den Hof verlassen wollte. Er hatte auf der nahen Wiese einige Blumen gepflückt und hielt ihr den Strauß schüchtern entgegen. Giselda warf einen Blick auf den tauben Ulrich und auf die Blumen. Plötzlich verzog sie ihr Gesicht und begann laut zu lachen. Eine ganze Weile stand sie da und lachte Ulrich aus, der nun ebenfalls den Kopf hängen ließ, wie die Blumen in seiner Hand. Dann stieß sie ihn heftig zur Seite, eilte an ihm vorbei und rannte davon. Von diesem Tag an schickte der Milchbauer seinen Sohn.

Ulrich jedoch litt sehr. Er schämte sich für seine Taubheit, sein Anderssein, für seinen Annäherungsversuch und zuletzt auch für seine Liebe zu Giselda. Rastlos irrte er im Wald umher, achtete nicht auf den Weg und wohin ihn seine Füße trugen. Plötzlich stand er vor dem Abgrund, den er als Knabe entdeckt und auf Drängen seines Vaters nie mehr aufgesucht hatte. Er blickte hinab auf das lichte Tal und den Fluss, der seltsam grün schimmerte. Schnell stand sein Entschluss fest. Er ging am Abgrund entlang, suchte einen Weg und kletterte geschickt hinab. Langsam wanderte er durch die von Blumen übersäte Wiese zu den Ufern des Flusses. Das Schilf bewegte sich sacht im leisen Wind. Plötzlich drangen sanfte Töne aus den Tiefen der Wasser. Ulrich wollte seinen Sinnen nicht trauen, schüttelte den Kopf, doch die Töne blieben. Sie wurden lauter und deutlicher und Ulrich erkannte den wunderschönen Gesang einer Frau. Reglos verharrte der Jüngling, blickte gebannt auf die glatte Wasseroberfläche und lauschte der geheimnisvollen Stimme. Es war das erste Mal, dass er etwas hören konnte und er wünschte sich, der wundersame Gesang würde niemals aufhören. Doch nach einer Weile wurde die Stimme leiser und schließlich verklang sie und ließ wieder die Stille zurück, die Ulrich so vertraut war.

Verwirrt eilte der Jüngling nach Hause. Noch unterwegs beschloss er, seinen Eltern auf keinen Fall etwas davon zu berichten. Es kostete ihn alle Kraft, sich nichts anmerken zu lassen. Die ganze Nacht lag er in seinem Bett, wälzte sich von einer Seite auf die andere und fand keine Ruhe. Mit seiner ganzen Seele sehnte er den Morgen herbei.

Ohne Zögern eilte er durch den Wald. Seine Füße fanden den kürzesten Weg. Schließlich stand er wieder am Abgrund, kletterte ins Tal hinab und blieb Atem ringend am Ufer des grün schimmernden

Flusses stehen. Nur langsam beruhigte sich sein Atem, doch sein Herz schlug weiterhin heftig und schnell.

Eine ganze Weile stand er so und wartete. Endlich drangen aus den tiefsten Tiefen der Wasser die leisen Töne herauf. Allmählich wurden sie lauter und klarer, bis der geheimnisvolle Gesang ganz deutlich zu erkennen war. Ulrich starrte auf die sanften Wellen. Der Gesang wurde noch lauter und der Jüngling entdeckte plötzlich in der Mitte des Flusses einen Schatten unter der Wasseroberfläche. Gebannt beobachtete er, wie der Schatten größer wurde und schließlich der Kopf einer Frau aus den Fluten auftauchte. Wassertropfen rannen über ihr zartes Gesicht. Ihr dunkles Haar bedeckte wie Seegras die helle Haut ihrer nackten Schultern. Mit ihren Augen, die so grün leuchteten, wie der Fluss, blickte sie Ulrich an. Der Jüngling schaute verzaubert zu der wunderschönen Undine hin und lauschte dem unergründlichen Gesang, der ihre schmalen Lippen verließ. Nicht einen Moment konnte er seinen Blick von ihr wenden. Ein unerklärliches Sehnen erfasste sein ganzes Sein. Mit einem Mal hob die Undine eine zarte Hand aus dem Wasser und winkte ihm lockend zu. Ein betörendes Lächeln umspielte ihre Lippen.

Ulrich meinte, sein Herz müsse ihm bersten. Tränen der Freude stiegen ihm in die Augen. Eilends streifte er seine Schuhe ab. Ohne sich noch einmal umzusehen, stieg er in das Wasser hinab. Weich und warm umspülte es ihn und trug ihn vom Ufer weg auf die anmutige Undine und den bezaubernden Gesang zu.

Der taube Jüngling kehrte nie wieder nach Hause zurück. Erst lange Zeit später fand sein Vater die beiden Schuhe, halb vom Herbstlaub verborgen, am Ufer des grünen Flusses.

Martina Hörle

Lebenslauf eines Flusses

Es schlängelt sich ein kleiner Fluss,
nur weil er will, nicht weil er muss,

durch Wiesen, Acker, Flur und Feld,
zu sehen, was auf dieser Welt.

Er plätschert munter vor sich hin.
Für einen Fluss macht das wohl Sinn.

Scheint ihm die Sonne auf den Grund,
dann geht's im Wasser richtig rund.

Denn in dem Flusse tummeln sich
viel Frösche, Flöhe und auch Fich.

Und irgendwann passiert es dann,
er kommt bei and'ren Wassern an.

Man fließt nach hier und dann nach dort,
mal ist man da, dann wieder fort.

Und wenn man sich sehr gut versteht,
fließt man zusammen, wenn das geht.

Zu einem Strom wird dann der Fluss,
nicht weil er will, nein, weil er muss.

Beate Kunisch

Bewacht

Birken bewachen das Ufer des Flusses. Die Sonne scheint auf das ruhige Wasser. Schilfgewächse spiegeln sich mit.

Birken am Ufer
spiegeln sich im stillen Nass
Sommersonne wärmt

Steph Engert
Magier und Schwertschmied

Für Mecki

Viele Jahre schon war der Magier unterwegs auf seinem Pfad durch irdische Länder und geistige Welten, dem Pfad des Lernens und Lehrens, der Innenschau und vor allem der Praxis. Etliche Schwerter hatten ihn begleitet oder seinen Weg gekreuzt.

Sein erstes Schwert betrachtete er noch immer als "Schwert der Gnade". Eine Fee hatte ihm dieses Schwert aus purem Licht aus einem See gereicht als er noch jung in einer Krise an seinen Fähigkeiten und den Mühen seines Wegs gezweifelt hatte. Dieses Licht hatte ihn durch seine erste "dunkle Nacht der Seele" geführt. Mehr noch - durch dieses Schwert hatte er begriffen, was Schwerter in der Magie bedeuten: das Freilegen des wirklichen Willens, das Gewicht von Entscheidungen zu ermessen, sich von der Fixierung auf die sichtbare Welt zu trennen und etliches mehr. Die Fee forderte nach einigen Jahren das Lichtschwert von ihm zurück, denn alle Dinge bleiben bei uns nur so lange wie es für uns nötig ist. Tatsächlich hatte sich der Widerschein des Schwerts so tief in sein Wesen eingegraben, dass es gleichsam immer bei ihm blieb. Und doch war es schmerzlich, es wieder abzugeben.

Später hatte er selbst Schwerter erschaffen. Zuerst, um seine Schwertermagie zu vertiefen und zu schärfen, danach, um die Wünsche von Königen und Vornehmen zu erfüllen. Immer hatte er den Schwertern eingegeben zu brechen, wenn der Eigner sich nicht mehr von Weisheit und Gerechtigkeit leiten ließe. Mehr als einmal war das auch geschehen. Fast immer hatte er deswegen fliehen müssen.

Jetzt fühlte er seine Jahre und die Strapazen seines Lebens, das er weitgehend als erfüllt ansah. Umso mehr verwunderte es ihn, dass er ohne jeden Zweifel den Ruf eines Schwerts vernahm. Sehr leise und nicht ohne Weiteres zu orten...

Der Schwertschmied in seiner Schmiede im Tal am dunklen Fluss, etwas abgelegener noch als die der anderen, war ebenfalls alt geworden. Seine Kräfte schwanden und obwohl seine Arbeiten zu den gesuchtesten gehört hatten, geriet er allmählich bei den Händlern aus der großen Stadt am Rhein in Vergessenheit. Und war es denn nicht auch genug? Er hatte in seinem Leben alles und mehr erreicht, was je für ihn vorstellbar gewesen war.

Und doch konnte er noch nicht gehen. Merkwürdigerweise wartete er noch immer. Auf einen, der das Rätsel des EINEN Schwerts für ihn lösen könnte. Seine Hoffnung jedoch begann in ihm zu flackern wie eine Kerze kurz vor dem Erlöschen...

Sein innerer Kompass führte den Magier nach Köln, die bedeutende, reiche Stadt, zu deren Handelsgütern Schwerter in Spitzenqualität gehörten. Er kam an und suchte sich eine bescheidene Herberge. Doch das Gefühl angekommen zu sein wollte sich nicht einstellen und trotz seiner Müdigkeit fiel er nur in einen unruhigen Schlaf.

In seinen Träumen sah er eine kleine Schmiede im engen Flusstal und einen alten weißhaarigen Mann, sein Rücken gekrümmt von der jahrelangen Arbeit am Amboss. Der Magier versuchte, mit der Traumgestalt zu sprechen, um zu erfahren wie er ihn finden könnte, aber lange wandte der Schmied ihm nur den Rücken zu und es tat sich vor seinem inneren Auge kein Weg auf.

Erkundigungen am nächsten Tag bei den Kölner Händlern brachten ihn dann auf die Spur der benachbarten Klingenstadt.

Spät in der Nacht kam der Magier in Solingen an. Durch Stille und Dunkel erkannte er deutlich, wohin er sich in den Wäldern um die kleine Stadt zu wenden hatte.

Auch der alte Schmied fand in dieser Nacht keinen Schlaf. Seine Sinne waren übernatürlich geschärft zu einer an Sicherheit grenzenden Erwartung. Er wusste, er würde endlich erfahren, warum er dieses Schwert seinerzeit seinem Auftraggeber vorenthalten hatte, trotz der Gefahr für Leib und Leben, zumindest seiner Existenz – denn in seiner sozialen Position hatte er nicht das Recht ein Schwert in seinem persönlichen Besitz zu haben und der Graf, der das Schwert bestellt hatte, könnte ihn außerdem als Betrüger anklagen.

Aus ihrem lange gehüteten Versteck nahm der Schmied die einzigartige Waffe – sein Meisterwerk. Nie wieder hatte er einen solchen

Stahl produziert, nie wieder die Eleganz, diesen mondgleichen Glanz dieser Form erreicht – und auch kein anderer der ihm bekannten Meister hatte es ihm gleichtun können.

Plötzlich sah der Magier in einem blitzartigen Licht die Schmiede vor sich. Er ging rasch die wenigen verbliebenen Schritte. Bevor er klopfen konnte, wurde die Tür von innen geöffnet. Der Mann aus dem Traum stand vor ihm und wortlos liess er ihn ein. Die Schmiede erstrahlte in einem überirdischen Licht.

Das Schwert stand nun aufrecht mit der Spitze nach oben in der Lichtgestalt des „Schwerts der Gnade". Die beiden Männer standen vor diesem Wunder, hielten sich vertraut wie zwei Brüder bei den Händen und brauchten keine erklärenden Worte mehr. Sie folgten nur dem Schwert.

Einige Tage später fand man den alten Schmied tot in seiner Schmiede. Ein Unbekannter, der ihm sehr ähnlich sah, lag ebenfalls tot neben ihm. Weiterhin fand man ein sehr altes, unbrauchbares verrostetes Schwert. Niemand konnte sich einen Reim darauf machen, was geschehen war.

Andreas Erdmann

Aufbruch

Auf! Auf, ihr Poeten,
den Anker gehievt
und die Segel gesetzt!
Wir fahren hinaus
auf die Sprachsee.

Poesie ist ein Boot,
von jeher berufen,
Menschen zu fischen, -
Gekenterte, die,
von Worten umwogt
und gepeitscht
von den Stürmen der Zeit,
in den Sprachfluten
treiben.

Poesie liest sie auf
dass sie nicht in die Schlünde
des Schweigens
abtauchen
und im Verstummen
ertrinken.

Christiane Trunk
Die fünfte Jahreszeit

Der Himmel blau und glasig
halb dem Sommer,
halb dem Herbst schon zugehörig –
Nun ist es Zeit
Ich möchte wie ein Hirsch
in Wälder brechen
Erde fressen, Wasser saufen
Tag und Nacht ergründen
Aufs Denken unbedacht
Ursprünge finden

Andreas Erdmann
Die Sprache der Steine

Jenseits der Worte,
wo Menschen verstummen,
sprechen die Steine.

Und haben die Worte,
Worte um Worte,
dich an den Rand
deiner Sprache getrieben,
stehe nicht stumm
am Ende der Welt.
Stehe nicht – geh!
Geh zu den Steinen,
besprich dich mit ihnen.

Und sprechen die Steine zu dir,
erzählen sich dir,
erzählen sich
und ihre sagenhafte Geschichte,
werden die Steine aus dem Gewand
ihres Namens schlüpfen
wie schillernde Falter
aus dem Kokon.
Auch dein Name wird fallen,
er fällt, fällt
wie ein lumpiger Fetzen von dir.
So bist du licht, bist gelichtet,
und dein Aug ist nicht mehr verschleiert.
Die Sprache der Steine enthüllt.

Und wenn auf Erden die Steine regieren,
währt ihre Sprache für ewig.
Dann weht das Wort,
das furchtbare Menschenwort,
nicht mehr als Trauerflor über dem Land,
und dann weht kein Schleier mehr über der Wüste -
und ist der Himmel über den Gräbern
nicht mehr verschlossen,
sondern steht offen,
weit offen
für alle.

Grünwald

Verschleiert

Von Windhänden
sanft berührt
flattert grünes Flickengewand
über der rissigen Haut
narbiger Felswände
Hinab ins Schattental
stürzt fließendes Weiß
todesmutig
um die Blöße des Berges
zu bedecken mit
wehenden
Wasserschleiern

Martina Hörle

Der Bach am Himmel

Munter war er, quicklebendig. So schlängelte er sich über Baumwurzeln und Steine hinweg. Kein Hindernis konnte ihn aufhalten. Der kleine Bach tauchte drunter her, floss darüber weg oder, wenn es sein musste, schlug er einfach einen Bogen herum.

Er existierte erst seit kurzem. Nach einem tagelangen und sehr heftigen Regen hatte sich auf dem Waldboden ein dünnes Rinnsal gebildet. Kaum sichtbar bildete es eine Linie in einer Furche. Versickern konnte es nicht, denn der Waldboden war so nass, dass er vorläufig kein Wasser aufnehmen konnte. Das Rinnsal nahm auf seinem Weg viele weitere Tropfen, die nicht recht wussten, wohin sie sollten, auf und wurde immer größer. Nach einer Weile hatte sich die Tropfenbande in eben diesen kleinen Bach verwandelt, der im Sonnenlicht glänzend vor sich hin plätscherte. Ein kleiner Vogel kam, nahm einen Schnabel voll und wippte keck mit den Schwanzfedern. Dann flog er wieder davon, hoch in die Luft, über die Baumkronen bis zu den weißen Wolken.

Der Bach sah ihm nach: „Es ist schön hier auf dem Waldboden, zwischen den Steinen, dem Moos und den Wurzeln. Auch die Sonne kommt hin und wieder zu Besuch. Doch fliegen, so wie der kleine Vogel eben, muss wunderbar sein. Hoch bis zu den Wolken – ach, könnt' ich doch fliegen." Die alte Eiche, durch deren Wurzeln er gerade floss, brummte nur: „Du dummer Wicht, was soll denn ein Bach oben am Himmel? Du gehörst auf den Boden." In dem Baum saß eine Eule, die hörte das Gebrabbel der Eiche. Da es aber heller Tag war, zog sie es vor, nach einem kurzen gekrächzten „Beides geht" noch etwas zu schlafen. Der kleine Bach war ganz aufgeregt. „Beides geht", hatte die Eule gesagt. Und er wusste, dass Eulen weise Tiere sind. Ungeduldig wartete er bis zum Abend. Sobald die Eule aufwachte, wollte er sie fragen.

Es dauerte lange, sehr lange, bis die Eule endlich die Augen öffnete. Der kleine Bach staute sich vor Aufregung. Jetzt war sie endlich wach. „Ach, Du bist's", krächzte sie, „du hast mich doch am Mittag geweckt, hu."

„Entschuldigung, Frau Eule", raunte der Bach so höflich er konnte, „darf ich Dich etwas fragen?" „Was willst Du denn?" „Du hast doch heute Mittag gesagt, dass beides möglich ist: auf dem Waldboden fließen und in den Himmel fliegen. Ich möchte wissen, wie das geht." Die Eule lachte. Es klang etwas unheimlich: „Hu, hu, hu. So so, in den Himmel fliegen willst Du. Hast Du auch daran gedacht, dass Du hier unten etwas Wichtiges zu tun hast? Wer soll denn den Boden mit Wasser versorgen? Hu, hu." „Ach, Frau Eule, ich will ja nicht immer am Himmel sein. Nur manchmal dorthin fliegen, das wäre schön." „Hu, hu", heulte die Eule, „wenn das so ist... Ich verrate Dir etwas: Warte ab, bis die Sonne hoch oben steht. Dann kommst Du von selbst in den Himmel." Mit einem letzten „hu, hu", breitete sie ihre Flügel aus und flog fort.
Der kleine Bach war ratlos. Auf die Sonne warten, und dann? Aber die Eule war fort und ihm blieb nichts übrig, als geduldig vor sich hin zu fließen, bis die Morgenröte hereinbrach.
Es wurde ein sehr schöner Tag, und als die Sonne am Himmel zu sehen war, nahm der kleine Bach allen Mut zusammen. „Frau Sonne, hörst Du mich?" Er musste mehrmals rufen, denn die Sonne war weit fort. Als sie ihn bemerkte, schickte sie einen Strahl zu ihm auf den Waldboden. „Was willst Du von mir, kleiner Bach?" Ihre Stimme hatte etwas Sirrendes, aber auch einen ganz warmen Ton. „Ach, liebe Frau Sonne, sag mir doch ... Die Eule hat gemeint, dass ich nur auf Dich warten muss und dann in den Himmel fliegen kann. Ich möchte so gerne einmal hinauf." Das Lachen der Sonne klang wie flüssiges Gold oder warmer Honig. „Du als ganzer Bach kannst nicht so hoch hinauf, aber einen Teil Deiner Tropfen kann ich mitnehmen." Ach, war der kleine Bach da aufgeregt. Er hüpfte auf und ab in seinem Bett. So schnell sie konnten, perlten und flossen viele seiner Tropfen auf den Sonnenstrahl zu, hielten sich an ihm fest. Und die Sonne nahm sie mit in den Himmel.
Oben angekommen konnten die Tropfen nur staunen. Ach, war das schön hier. Sie fühlten sich so leicht wie Federn und schwebten in der Luft. Ja, hier wollten sie bleiben. Dabei verschwendeten sie keinen Gedanken an den Bach, aus dem sie kamen. Der war indessen sehr dünn geworden, fast wieder wie das Rinnsal, das er einmal gewesen war. Und er war alles andere als glücklich. Ab und zu schaute er nach oben: „Wären meine Tropfen wieder hier unten bei mir, könnte ich

die Wurzeln der Bäume tränken. Aber so reicht es ja nicht einmal, den Durst der Vögel zu stillen." Er seufzte: „Ach, ich bin ja selbst dran schuld. Warum wollte ich bloß fliegen?"

Die Tropfen ahnten nichts von seinen düsteren Gedanken. Sie trieben am Himmel ihre Späße und sogar die sonst so geduldige Sonne musste sie mehr als einmal ermahnen. Aber sie wurden immer übermütiger, so dass den anderen Himmelsbewohnern langsam der Geduldsfaden riss. Als sie es eines Tages zu toll trieben, war das Maß voll. Die Sonne wurde so betrübt, dass sie nicht mehr hingucken konnte und sich umdrehte. Der Wind pfiff ordentlich und wirbelte die Tropfen herum. Ängstlich klammerten sie sich aneinander. Der Donner grollte laut: „Nun ist es genug. Hier habt Ihr nichts mehr verloren." Und der Blitz zischte sie an: „Verschwindet vom Himmel, Ihr Tunichtgute." Die Tropfen versteckten sich zitternd in einer Wolke. Doch da sie alle aneinander hingen, waren sie so schwer, dass die Wolke sie kaum halten konnte. Vor Anstrengung wurde sie ganz grau im Gesicht. Jetzt tobten der Wind, der Donner und der Blitz und ließen ihren Zorn auf die Tropfen los. Es wurde ein fürchterliches Gewitter, ein wahres Donnerwetter. Der Blitz sprühte Funken. Und der nächste Donnerschlag war so laut, dass der Wolke vor Schreck die Tropfen aus den Händen glitten. Sofort pustete der Wind aus Leibeskräften, dass sie in schnellem Tempo auf die Erde fielen.

Und das Rinnsal am Waldboden strahlte.

Beate Kunisch

Panta Rhei

ALLES FLIESST
ALLES SPRIESST
ALLES WÄCHST
ALLES LEBT

NICHTS BLEIBT
NICHTS BESTEHT
NICHTS HÄLT INNE
NICHTS IST EWIG

WIE EIN FLUSS
EIN WASSERFALL
EIN RINNSAL
EIN BACH

DAS LEBEN
DAS BESTEHEN
DAS DASEIN
DAS SEIN

EWIG DAS WERDEN
DAS WANDELN
DIE WENDUNG
DER WECHSEL

Andreas Erdmann
Die Reise nach Ea

Tok. Tok. Tok! klopfte es eines abends an deine Kellertür: Tok. Tok! und noch einmal: Tok! - und du standest im Flur, standest da auf den Dielen wie angewurzelt. Du horchtest, hieltest den Atem an, und dein Herz (bom bomm bommm) schlug hinauf bis zum Hals: Wer konnte das sein? wer besuchte dich dort aus dem Keller? und wer rief jetzt mit dumpfer Stimme von jenseits der Tür, rief dich - deinen Namen - durchs Holz?

Du fasstest Mut und tratest vor, riefst zurück: „Ja?!" und: „Herein!" – Es folgt ein Klacken der Klinke. Wer... irgendwer drückte und zog, stemmte sich gegen die Holzfläche: „Geht nicht. S' ist abgeschlossen."

„O Entschuldigung!", sagtest du, drehtest den Schlüssel im Schloss. Im nächsten Moment schnappte die Tür auf, sie sprang einen Spalt weit nach innen, schwang weiter – und dabei knarrte und knaaatschte sie laut in den Angeln, während sich vor dir der finstere Einstieg zum Keller öffnete. Du spähtest hinein und hinunter, konntest zunächst niemanden entdecken. Dann jedoch stieg dir ein säuerlich fauliger Atem entgegen, und du erkanntest den Umriss eines alten, buckligen Männleins in einem pechschwarzen Pelz, den Kragen hoch aufgestellt und die Fellmütze tief ins Gesicht heruntergezogen.

„Guten Abend!" krächzte es aus dem Dunkel: „Mein Name ist Kurz. Mein Meister schickt mich, Sie abzuholen für Ihre Reise nach Ea!"

„Nach Ea? Na, dann warten Sie kurz, ich hole mir Stiefel und Jacke."

„Neinein", meinte Kurz, „nicht nötig, die brauchen Sie nicht in Ea."

„Einen Moment noch, ich mache uns Licht!", sagtest du, fingertest schon nach dem Lichtschalter.

„Lassen Sie das!", patschte der kleine Mann dir auf die Hand: „Kommen Sie, folgen Sie mir auf der Stelle!"

„A-aber- man sieht dort unten ja nichts."

„Ich, für meinen Teil, sehe genug, und der Meister verabscheut künstliches Licht", knurrte er noch, kehrte sich um und stieg bereits vor dir die Treppe hinunter.

In deinen Hausschuhen tratest du auf den ausgetretenen Stein der obersten Stufe. Da schlug dir im Rücken krachend der Flügel der Türe ins Schloss. Du legtest die Hand auf den Lauf des Geländers und folgtest dem Fremden schweigend hinab in das gähnende Dunkel.

Stufe um Stufe ging's in die Tiefe. Spinngeweb streifte dein Haar - du ducktest dich. Die felsige Decke schwebte hernieder, der Gang wurde enger und enger. Mit einem Mal wich der Felsen zurück, und sowie du nun von der Treppe in das Kellergewölbe eintratst, wehte dir aus dem offenen Schwarz ein kühlerer Lufthauch entgegen. Du hieltest inne und lauschtest, vernahmst von drüben das Rauschen der Quelle, die im tiefsten Grunde des Kellers entsprang.

„Vorwärts, vorwärts! nicht stehen bleiben!", drängte der Alte, und weiter ging es auf steinigem Boden. Das Gewölbe kam dir tiefer vor als gewöhnlich - ihr hättet längst bei der hintersten Mauer anstoßen müssen. Die Kellerdecke erschien dir viel höher als sonst, und als du den Blick nach oben lenktest, konntest du in der Finsternis etwas erkennen: Du sahst - sahst, dass der Raum grenzenlos war, sahst in der Höhe die blinzelnden Sterne! - Sterne, Sterne blinzelten auch um dich her und tanzten dort auf dem Wasser, das du plötzlich drunten zu deinem Füssen erblicktest: Sternlichter tanzten weit, weithin auf den Wellen eines rauschenden Meeres, und in der Ferne über der wogenden Flut erhob sich lautlos die weiße, vollrunde Scheibe des Mondes.

„W-w- wo sind wir hier?" wolltest du wissen.

„Mensch, fragen Sie nicht, folgen Sie mir!", kraxelte Kurz durch die Klippen zum Ufer. Auf einmal erspähtest du eine Fähre, die unten am Steg zur Abfahrt bereit lag - und am Ende des Stegs stand der Fährmann in einem langen, luftig flatternden Mantel, stand da mit wehendem Haar und schaute hinaus auf die endlose See.

„Halt!", schnellte Kurz auf der untersten Klippe herum, „geben Sie mir jetzt den Fährlohn!"

Da suchtest du in deiner Hosentasche und brachtest einige klimpernde Münzen zum Vorschein.

„O nein, das reicht nicht", meinte der Alte: Geben Sie mir einfach alles!"
„Alles?"

„Nun", grinste er, „wenn Sie erst drüben in Ea sind, brauchen Sie ja nichts mehr."

Daraufhin gabst du ihm all dein Geld. Du drücktest ihm auch deine goldene Uhr in die Hand.

„Das reicht noch nicht hin", bekamst du zu hören: „Geben Sie alles, was Sie beschwert, was Sie mit sich herumschleppen und an Ihrem Leib tragen!"

„A...aber... es ist so kalt und windig hier..."

„Jammern Sie nicht!"

So stiegst du aus deinen Pantoffeln, schlüpftest aus Hemd und Hosen und reichtest dem Mann all deine Sachen. Völlig unbekleidet standest du da - und er forderte: „Legen Sie auch Ihr Gesicht ab!"

So kam es, dass du dein Lächeln abgabst, jedweden Ausdruck von Freude und Zuversicht und sogar deine Hoffnung.

„Danke, das reicht!", sagte der Fährgehilfe, und nackt, wie du warst, stiegst du ihm nach, von der Klippe auf die wankenden Bretter des Bootsstegs.

Der Fährmann hatte euch wohl gehört, fuhr herum und kam euch mit langen, stakenden Schritten entgegen.

„Gutenabend!", grüßtest du ihn. Er erwiderte nichts.

„Nun können wir aufbrechen", sagtest du freundlich, und der Mann herrschte dich an: „Was soll das? Sie haben hier gar nichts zu sagen! Die Stunde des Aufbruchs bestimme ich. Ich... ich allein kenne das Wetter, kenne die Gefahren der Nacht und das Kommen und Gehen der Flut."

„Ja, aber..."

„Schweigen Sie!", schrie er dich an. Und du schwiegst.

Kurz darauf – „Eeeja hooo!" - erteilte der Fährmann das Zeichen zum Aufbruch. Du folgtest den Männern ins Boot und stiegst durch allerlei Tand und Zeug, das an Deck durcheinander lag, bis zum Bug vor. Der Fährmann stellte sich achtern ans Steuer, und sein Fährknecht hievte den Anker an Bord, löste die Leinen und zog das Segel am Mast auf. „Fääähre ahoi!", rief es vom Steuer, und schon fuhr der Wind in das Segeltuch. Die Fähre setzte sich in Bewegung und trieb nun, von Sternen umwogt, hinaus auf das offene Meer.

Du lehntest im spitzen Winkel des Bugspriets, spähtest voraus und sahst bald, wie Mond und Sterne erloschen. Dein Auge verlor sich im Nichts. Der Himmel war ganz verhangen. Ein dichtes Gewölk hatte sich vor euch zusammengebraut, und ihr steuertet geradewegs darauf zu.

„Ferge, wir müssen einlenken!", riefst du nach hinten.

„Schweigen Sie!", schroffte es da vom Heck. „Ich bin der Käpt'n, und ich bestimme den Kurs! Sie aber kennen ja weder den Weg noch das Ziel Ihrer Reise."

Schneller und schneller brach das Gefährt durch die Wogen. Der Bug stach ins Wasser und warf hohe Wellen auf, von unten her peitschte die Gischt. Dann fuhr ein Ruck durch das Boot. Es schnellte blitzartig nach vorn, und du fielst herum an den Fockmast, schlangst die Arme ums Holz und schriest nach hinten: "Wir müssen zurück! Zurück!"

"Das ist unmöglich!" tönte es aus der tosenden Brandung: "Es gibt kein Zurück in den Schnellen der Zeit!"

Schon stürzte das Boot in einen Strudel. Ein Sog erfasste es, zog es durchs brennende Wasser, das im wilden Wirbel über dem Segel zusammenklatschte. Auf einmal ein flammender Blitz! Sofort rollte und grollte der Donner heran. Und schlagartig setzte ein Wolkenbruch ein: Wassermassen prasselten jetzt von droben aufs Deck. Der Boden bebte, alles umher rutschte und rasselte hier im reißenden Strom durcheinander. Du wurdest vom Mast weg nach achtern geschleudert, rudertest mit deinen Armen, wolltest noch mit der Hand nach den schlagenden Tauen vom Ladebaum greifen - langtest ins Leere, stolpertest. Stürztest kopfüber, schlugst der Länge nach auf die Bohlen. Am Grunde ein Bersten. Vom Kiel reißt es das Boot in die Höhe, und du schlitterst bäuchlings zum Heck - saust auf den Fährmann zu, der sich dort fest an das Steuerrad klammert. Über dir steht er, mit flatterndem Mantel, sein kantiger Schädel grell im Gewitter, und aus den schattigen Augenhöhlen sticht eine Flamme: "Zum Teufel mir dir, verfluchte Fähre!", vernimmst du noch seine feurige Stimme: "Fahr doch zur Hölle, zur Hölle!" – Und über ihm, kurz nur, wie eine Sternschnuppe, siehst du den vollen Mond vom Firmament stürzen, dann fällst du herum, knallst mit der Stirn vor die Bordwand, und plötzlich - urplötzlich - ist's stille. Stille.

Aus einem verschlungenen Schlaf kamst du zu dir und fandest dich, einen entsetzlichen Alptraum vor Augen, auf den Bohlen liegend am Backbord wieder. Du hobst den Blick, sahst dich sogleich geblendet, hangeltest dich an der Bordwand hinauf und blinzeltest über die Reling: Es war hell am Tag. Die See stand still, und die Fähre ankerte auf einem schwelenden Nebel in einem gleißenden Licht, in dem alles umher erstrahlte.

„Wir sind in Ea!", vernahmst du den Fährmann irgendwo aus dem Glast, und der Fährknecht raunzte: „Also los, geh'n Sie an Land! Worauf warten Sie noch!?"

In der grellen Lichtflut aber konntest du kein Land entdecken. „Ach, laßt mich doch bleiben!", flehtest du nun: „Ich fürchte mich so vor dem Tod - und fürchte vor allem das Sterben!"

„Sterben, ach was!", sprach der Fährmann: „Bislang ist noch niemand gestorben. Niemand stirbt. Niemand erblickt den Tod. Denn sehen Sie: wenn jemand stürbe, wäre er doch gar nicht mehr da, um dem Tod ins Auge zu blicken."

„Hmmmm", machtest du, und der Fährmann fuhr fort: „Anders gesagt: Mein Herr, Sie können unmöglich sterben, denn - Sie sind ja schon lange tot!"

„Omeingott! Ich bin - tot?" du tief erschrocken.

„Tja, tot. Tot sind sie. Tot waren Sie, waren es immer. Sie leben nicht, leben nicht wirklich und haben nie - niemals - wirklich gelebt. Sie haben von Anfang an das Leben versäumt. Das Leben hat Sie geliebt, Sie aber liebten es nicht und begaben sich nicht in seine Hand. Sie suchten sich wohl hier und dort in der Welt - aber haben sich nirgends gefunden. So verstrich Ihre Zeit, und Sie blieben ein Außerirdischer auf Ihrem eigenen Planeten."

„Ich? Ich war niemals ich?"

„Bis auf den heutigen Tag! Somit sind Sie auf seltsame Weise unsterblich geworden. Denn wie könnten Sie sterben, ohne gelebt zu haben - ja, ohne jemals geboren zu sein?!"

„Ich verstehe. Also stirbt am Ende niemand."

„Am Ende stirbt nur der Tod", sagte er noch und drängte sodann: „Nun. Es ist höchste Zeit, Sie müssen von Bord. Auf Nimmerwiedersehn!"

„Ja dann, auf Nimmerwiedersehn!" riefst du den Fährleuten zu und stiegst auf das Brett, das dem Ausstieg anlag. Und nackt, wie du warst, gingst du im Licht auf dem wackligen Holz, das dich von der Fähre zu einem felsigen Grund hinüberführte.

„Willkommen in Ea!", sprach da der Stein, auf den du tratst. Und du gingst weiter, bis du im Licht einen Schatten erkanntest. Du gingst in den Schatten ein und sahst dich jetzt vor der steinernen Treppe, die aus dem hell erleuchteten Kellergewölbe hinauf in deine Wohnung führte. Und wie du den Fuß auf die unterste Stufe der Treppe setztest, war dir, als hörtest du in deinem Rücken aus der Tiefe des Kellers noch einmal die Stimme des Fährmanns: „Gehe hinauf in dein Leben, Mensch - Lebewohl! und nun lebe! Lebe!"

Alles schwimmt

ALLES SCHWIMMT, schwimmt
in den Flüssen der Sprache:
auch du schwimmst
dahin,
treibst vom Ufer
gelöst
und getragen
vom Wort
mit dem Strom
durch das Land,
ziehst einher
über gleißender Sonne
von Schatten
zu Schatten -
von Name
zu Name.
Und hält dich
nach wechselnden Häfen
die letzte Stadt
noch im Arm,
reichst du schon
dem wogenden Meer
zum Gruß
deine Hand
und mündest
am Ende
ins Unaussprechliche
ein.

Christiane Trunk

Warten

Die Zeit des Wartens
wird zum Raum für mich
Notunterkunft für innige Monologe
Manchmal, in Geborgenheit
gedeihen Träume
und Zärtlichkeit reift
Doch manchmal renne ich gegen Wände
an die ich meine Tränennetze knüpfe
Ich wünsche mir den Dialog
zeiteinschneidend
und raumzerberstend

Grünwald

Die Wupper rauscht

Svenja geht am Ufer der Wupper entlang. Langsam bewegt sie sich, fast behutsam setzt sie Schritt vor Schritt, fühlt das warme weiche Gras unter ihren nackten Füßen. Sie ist auf der Suche. Ihr Blick schwebt über den Fluss, zwischen die saftigen Sträucher und irrt manchmal ab, hinauf in den Himmel. Bereits seit Stunden ist sie unterwegs, schon viele Male ist sie stehen geblieben, zögernd und unsicher, um dann doch ihre Wanderung fortzusetzen.
Seit drei Jahren ist sie nicht mehr hier gewesen und nun kommt es ihr beinahe wie eine Heimkehr vor, eine Rückkehr in die Erinnerung an eine glückliche Zeit. Weit zurück. Vorbei. Mit einem Schlag vorbei, als man ihr die Nachricht von Eriks Unfall überbrachte. Die folgenden Tage hatte sie wie durch einen Watteschleier erlebt. Die Beerdigung, das Gerichtsverfahren gegen den Unfallfahrer, der Schuldspruch. All das war seltsam ton- und farblos an ihr vorüber gezogen, war nicht bis in ihr Herz gedrungen. Sie konnte es sich einfach nicht vorstellen,

dass Erik tot war. Sicher würde er bald zurückkommen, würde sich alles als ein Irrtum herausstellen. Doch er kam nicht zurück. Es hatte lange gedauert, bis sie endlich begriff. Und dann war sie zusammengebrochen.

Das war nun drei Jahre her. Seitdem versucht sie, mit der Leere zu leben, die Erik hinterlassen hat. All die langen Monate hatte sie nicht den leisesten Gedanken an das Wupperufer ertragen können. Sie hatte die Nähe des Flusses gemieden wie ein Raubtier das Feuer.

Svenja bleibt stehen. Als sie den morschen Stamm eines umgestürzten Baumes erkennt, krampft sich ihr Herz zusammen. Tausend Bilder rasen ihr durch den Kopf. Hier saß sie, als sie Erik kennen lernte. Sie hatte nur Augen für den magischen Sonnenuntergang gehabt, für die berauschenden Farben. Erik lief am Flussufer entlang und sah sie sitzen. „Allein hier?" fragte er. Ein Jahr später hatten sie geheiratet. Wie viele Stunden hatten sie seither hier verbracht? Immer wieder kamen sie zurück, um sich an ihre erste Begegnung zu erinnern und Pläne für die Zukunft zu schmieden. Nichts wäre unmöglich gewesen.

Langsam nähert sie sich dem Stamm und lässt sich schließlich nieder.

Eine Amsel schreit, segelt im Wind dicht über den Wellen des Flusses dahin, steigt auf und dreht ab. Svenja spürt die Strahlen der Sonne auf der Haut, die zwischen den Wolken durchdringen. Das Rauschen des Flusses klingt vertraut, voller Beständigkeit, so als würde es aus der Ewigkeit kommen, um der vergänglichen Welt einen Hauch Unendlichkeit zu offenbaren. Gibt es die Ewigkeit? Svenja lauscht dem Gurgeln der Wellen, versucht ihre Botschaft zu verstehen. Wo ist die Ewigkeit? Wo ist Erik jetzt? Gibt es eine Brücke zwischen den Welten? Der Fluss rauscht. Kann eine Seele in einem anderen Körper wiederkommen? Wie viel Zeit muss vergehen bis zu einer Wiederkehr? Und was, wenn es für Seelen keine Zeit gibt? Nur für Körper gelten Zeit und Vergänglichkeit. Für die Seelen ist alles *jetzt*: Vergangenheit, Zukunft, Gegenwart.

Die Farben des Himmels verändern sich. Rot sinkt die Sonne, setzt ihr Glühen in den Wolken fort. Das Leuchten des Himmels spiegelt sich im Fluss, bricht sich in jeder Welle. Der richtige Moment, um endlich Abschied zu nehmen. Svenja blickt dem Schauspiel zu, ohne es zu sehen. Sie ist hergekommen, um Erik noch ein letztes Mal nah zu sein. Der Fluss rauscht. Loslassen schmerzt.

„Leb wohl!" flüstert sie tonlos.

Die Wupper rauscht. Enten kommen ans Ufer, lassen sich im Gras nieder. Die Sonne versinkt. Langsam vergehen die Farben.

Das zornige Schnattern der Enten hört Svenja nicht. Erschrocken watscheln die Vögel zum Ufer und lassen sich in die Wellen gleiten.

Ein letzter Streifen Orange leuchtet am Himmel. Dann wird es dunkel.

Svenja schließt die Augen. Die Wupper rauscht.

Sie will gerade aufstehen, als sie eine dunkle Gestalt entdeckt, die langsam näher kommt. Svenja hält inne. Der Schatten des Mannes huscht über das Gras auf sie zu. Nur wenige Meter vor ihr bleibt er stehen. Sie kann sein Gesicht nicht erkennen. Und dann hört sie seine dunkle Stimme freundlich fragen: „Allein hier?"

Andreas Erdmann

Inseln

I
Schwimm in der Sprachflut
auf wogenden Worten zum
Eiland der Stille.

II
Rügen im Rücken
inselt dein Aug unendlich
verloren im Blau.

III
Neufundland schrieb sich
in grünen Lettern auf die
papierweiße See.

IV
Ein Schwanenpaar zieht,
sternenumwogt, zum ersten
Funken der Lichtflut.

V
Dein Lied, das verklang
und sich seewärts aufschwang,
sang leis in mir fort.

VI
Der Strand erzählt stumm
vom Geschehnis der Nacht mit
Treibholz und Trümmern.

VII
Jenseits von Dover
Versank deine Fähre im
Meer meiner Tränen.

Beate Kunisch

Verwirrspiel

Sommerliches Lichterspiel am grünen Ufer. Verwirrende Grenzen wollen täuschen, bewegungslose Wasserhaut vertauscht unten und oben.

Verwirrspiel am Fluss
Spiegelbild von grünem Wald
Offene Grenzen

Andreas Erdmann

WWW – Wupper Wide Web

An der Wopper sot ech stell,
trureg onger Böümen.
Waterruschen, Well öm Well,
riët mech ut den Dröümen.
Wopper kom em leïhtem Schwong,
mir jet te vertellen:
Kopp huh! Böss nit trureg, Jong!
huort ech ut den Wellen.
Water feng te wespern aan:
Lot dech nit su hangen.
Och! Ech söüfzten, daiht wiër draan:
Büs wor't mir ergangen…
Wopper saiht: Süökß du din Glöck,
hüör op, dech te riewen.
Kiek noh vüren, nit teröck,
lot din Sorgen driewen.
Gött doch nix, wat stell ens steïht.
Keïn Leïd es vergewes.
Jiëder Floss stets wieder geïht,
ouch der Floss des Lewes.

Schwupp di wupp, die Wupper! Der Fluss, an dessen Ufer ich sitze, will mir hier seinen Namen erzählen: Wupp… Wupp…, wippen die Wellen sacht an die Klippen zu meinen Füssen, und: Wupp dich! schwappen sie auf.

Eine Weile lang schweift mein Blick übers Wasser. Dann hebe ich langsam den Kopf in den Nacken und sehe wie früher: Den hohen Schaberg empor türmt sich der grünende Wald, auch auf der anderen Talseite: Wald über Wald über Wald, und höher, höher, über die klaffende Schlucht hinaus gegen den tiefblauen Himmel geschlagen, schwingt sich von Berg zu Berg und von Stadt zu Stadt der gewaltige, lichtdurchflutete Bogen der Müngstener Brücke: *Zazüh!* keucht n winziger Zug obendrauf.

„Jöngken, gangk nit noh der Wopper!", sagte mein Großvater damals, anfangs der 80er Jahre zu mir, wenn ich als kleiner Junge zum Spielen hinaus in den Busch gehen wollte. Die Wupper, erklärte er, sei eine riesige, giftige Schlange und bringe nur Tod und Verderben ins Tal. Entgegen der Warnung zog es mich dennoch den Siepen hinunter zu dem verseuchten Gewässer, wo es nach chemischen Abfällen stank, nach Farben und Lacken, Waschmitteln und Exkrementen. Oft trieb ein öliger Film auf den Fluten und zu den Rändern hin gelblicher Schaum. - Heute hingegen, s' grenzt an ein Wunder, zeigt sich der tote Fluss meiner Kindheit voll Leben: Ich spähe ins Wasser und sehe dort einen schillernden Schwarm kleiner Kaulköpfe (Gottus gobio) am Grunde. Drüben ein Neunauge und Krebse, Krebse: Vor mir das Wasser so durchsichtig, klar - nur in mir ist es im Lauf der Zeit trübe geworden.

Was mich beschwert? Mag nicht dran denken. Nicht jetzt. – Geb mir nen Ruck, stehe auf, gehe ein Stück weit flussabwärts durchs Gras. Bin kaum auf dem Weg, der zum Felsmassiv führt, da werde ich aus der Wildnis des Waldes von tausend tönenden Stimmen empfangen: *Küriee! Zst!* lassen Vögel verlauten: *Tak. Tak, tak. Ssrrrt zigürr! Tok. Tschiririt. Küürieee! Guckguck,* und noch einmal: *Guckguck!*

*

„Gu'ntag!"

„Gu'ntag!"

„Gu'ntag!"

Andre Wandrer kommen mir auf dem steinigen Steilpfad entgegen. Steige bergauf, bergab und bergan. Kühl überfällt mich der Schatten der Döüwelskleppen: Schroff und in zackigen Formen ragen sie über mir auf. Ein sagenumwobener Ort: Einst sah ich droben in Ritzen und Spalten funkelnde Augen von Zwergen aufblitzen: „Jöngken, wenn de die Boschheïnteln sühß, donn dech sier durch et Lüsch!", hatte der Großvater zu mir gesagt, und: Hey, was bin ich gelaufen! Jappend erklimm ich die Anhöhe. Raste. Schaue hernieder ins Tal: Drüben, über wogenden Wipfeln erhebt sich der stählerne Brückenkoloss. Und drunten, durchs Fenster im buschigen Laub blinzelt die Wupper zu mir herauf und haucht mir leis zu. Auf einmal, ich fahre herum, vernehm ich ein Rascheln im Unterholz: Wat war'n dat? N Reh!? - Ich geh weiter und kann bald im Talgrund, vom Flusslauf umschlossen, die kleine Wupperinsel erkennen: Das Eiland, wo wir als Blagen Buden erbauten aus Ästen und Farnen und allerhand Treibgut, das wir aus dem wuppenden Nass herausfischten.

Die Insel taucht ab, versinkt in den Tannen. Dann, irgendwann schimmert unten ein weißes Fachwerk im Grün: Der Wiesenkotten! Ich haste bergab. Die Tür des alten Gebäudes steht offen: „Hallo?" Niemand antwortet. Rechterhand, hinterm Garten öffnet sich weithin ein blühendes Tal: Die luftigen, duftigen Hänge herunter bis dicht ans Wasser ein Meer von Blüten im leuchtenden Rosa: Die Wupperorchideen! Sie reichten uns damals bis an die Schultern. Wann immer im Hochsommer wir ihre Kapseln anrührten, hatten wir unsre Freude daran, wenn diese zersprangen und körnigen Samen versprengten.

*

Weiter geht es! Sowie ich, den Kotten im Rücken, die Brücke passiere, weht mir vom jenseits gelegnen Ufer ein herbsüßer Duft nach Harz, Moos und wilden Kräutern entgegen. Dort liefen wir einst querfeldein durch den Busch. Heut bleibe ich auf befestigtem Weg. Bleibe ich…? Nein, meine Füße kraxeln die Böschung hinunter, streifen mit mir durch Gesträuch bis unter die Buchen am Fluss. Auf einer Wurzel lass ich mich nieder, neige mich vor und lese einen Stein aus dem Sand. Drehe ihn in der Hand, hole aus und werfe ihn flach übers Wasser: Wir Kinder nannten es Botterflitschen: Ich zähle die Sprünge: Drei, vier fünf - flatsch! …Horche auf: Ein Rauschen von ferne. Drauf hör ich es wieder, das Wippen der Wellen… und plötzlich, urplötzlich spricht Wupper! Spricht nicht in Worten, nein vielmehr in Tönen und Lauten und fließenden Formen und Farben, mithin in Gerüchen, ja Wupper spricht, wie in alten Zeiten, mit ihrem ganzen Wesen zu mir: Junge, bist du's?

„Ja", erwidre ich, „oder nein."

Was heißt das?

„Nu, ich bin ich nicht mehr derselbe wie früher."

Natürlich nicht! flüstert der Fluss: Wir haben uns beide im Lauf des Lebens verändert.

„Dir, Wupper", erinnre ich, „ging es vor dreißig Jahren noch dreckig." Und wie! Die Menschen verschmutzten mich, schimpften mich obendrein eine Kloake. Du aber, du hast mich trotzdem geliebt.

„O yeah…"

Doch heute, mein Freund, sehe ich dich betrübt.

„Ach, weißt du, Wupper", beginne ich – halte inne: Mein Blick ist verschwommen. Ich wisch mir die Träne aus dem Aug und merke an: „Ich bin gekommen, Abschied zu nehmen."

Sag bloß, du musst fort?

„Tja, übers Meer. Vermutlich für immer", seufze ich.

Sitze nun stille. Schöpfe tief Luft und atme das Tal und den Wald in mich ein. „Warum", frag ich schließlich, „kann dieser Moment nicht ewig so bleiben?"

Weil alles im Fluss ist.

„Alles? Im Fluss?"

Na, so ist das Leben: Nichts bleibt. Alles fließt unentwegt weiter und weiter.

„Und doch sehne ich mich zurück nach vergangnen Tagen, an denen ich frei und unbeschwert war."

Das solltest du nicht. Sieh mal, es gibt kein Zurück in den Strömen der Zeit.

„Weil sie sich, wie du, bloß in eine Richtung bewegt?"

Oja, in die Tiefe, aufs Kommende zu.

„Ich fürchte mich aber, vor dem, was kommt, und fürchte vor allem das Ende."

Ach was! lacht die Wupper: Für unsereins ist gar kein Ende in Sicht. Wir münden doch nur in größere Ströme hinein, ergießen uns schließlich ins Große und Ganze.

„Du meinst, in eine Art World Wide Web?"

Gewiss. Darin sind wir überall miteinander verbunden.

„Also gibt es für uns keinen Abschied?"

So ist es.

„Ich danke dir, Wupper!" Erhebe mich langsam. Vor mir ein wildes Geflatter: *Zipp, zwilipp!* Ein Wippsteert fliegt auf.

Ich löse mich. Ziehe weiter, Seite an Seite mit meinem Fluss. Am Rande des Weges nach Burg, springen die Bäume zurück in das Holz. Nach und nach treten Häuser hervor. Zäune. Ummauerte Gärten. Vom steinernen Turm inmitten des Dorfs schlägt die Glocke die Zeit. Verschachtelte Fachwerk- und Schieferbauten drängen den steil ansteigenden Burgberg hinauf. Dort hoher Wald; und über allem,

vor einem Himmel mit Wolkengebirge, von gleißenden Strahlen der Sonne durchbrochen, erhebt sich das wuchtige, felsengewaltige Schloss. - Beim Aufstieg werfe ich einen letzten Blick hinunter zur Wupper: „Adjüss!", rufe ich ihr von oben her zu, und sie ruft zurück aus dem schattigen Grund: Vergiss nicht, mein Freund, nichts kann dich je von mir trennen!
*

Ein halbes Jahr später… am anderen Ende der Welt: Ich stehe am Strand auf Long Island und schaue gen Osten über das Meer. Da, mit einem Mal, wippen die Wellen, vom Winde bewegt, gegen die Klippen zu meinen Füßen, und mir dringt von weither, aus wallender Ferne die Stimme der Heimat ans Ohr:
Wupp… Wupp… Wupp… WWW: The Wupper Wide Web!

Martina Hörle
Ein kleiner Bach

Ein kleiner Bach, die Sonne scheint hinein, sieht sich selbst und schickt ihre Strahlen bis auf den Grund. Bunte Steine, groß, größer, andere winzig, lassen sich sanft umspülen. Kleine silbrige Fische schlängeln sich vorwärts. Das Wasser murmelt leise vor sich hin. Das Rauschen der Bäume klingt, als ob sie antworten.

Im Lauf des Lebens
ist längst verschwunden der Bach.
Erinnerungen.

Kay Ganahl
Zellers Gedankenfluss

Satirischer Einwurf

Denker Anton X. Zeller, schon in die Jahre gekommen und keineswegs betucht, *dachte.*

Auf nichts hätte er stolzer sein können. Die Wege seines Denkens waren immer frei. Und so fühlte er auch, wenn er sein Denken der vielen tiefen Inhalte praktizierte.

„Glück ist es!" rief er einmal aus, als seine Mutter ihn im Lehnstuhl angestupst hatte. Er hatte gedacht, hatte aber dabei ausgesehen, als wäre er am schlafen. Mit seinen 75 Jahren hatte er schon sehr viel gedacht, war eines der gedankenreichsten Individuen der gesamten Geschichte. Möglich, dass er Konkurrenz hatte, von der er nichts wusste. Aber egal: Sein eigenes Denken war ihm das, worauf es immer am meisten ankam. Essen und Trinken kamen danach. Dann seine Mutter. Das Zepter des Geistes hatte er auf der Wand über seinem Bett gemalt. Täglich starrte er es mindestens fünf Minuten lang an! „Was für ein Glück, ein König der Denker sein zu dürfen …!", verkündete er dann auch manchmal.

Das Ende seines inhaltsreichen, bedeutungsvollen Denkens war unabsehbar. Zeller kannte keinen Halt mehr! Seine Gedankengänge waren ihm mitunter selbst manchmal nicht ganz geheuer: „Ich muss einfach weiter mit meinen Gedanken, sie sind ich!"

Dies äußerte er einmal vor dem „Verein für die Art, wie man richtig denkt", gut 20 Denker waren anwesend. Zeller trug ein Referat zum Thema „Dieser Strom, der mich erhält" vor. Ja, er sprach vom eigenen geistigen Erleben und Leben. Denn seine Gedanken waren fest, innerlich reich, immer wahrhaftig und er erlebte ihre Gegenwart voll bewusst. Es war manchmal so, als wäre er auf Dope, wenn er intensiv und zielorientiert nachdachte. Das Butterbrot blieb dann sowieso auf dem Teller liegen. Das Buch, was er gerade las, fiel ihm aus der Hand.

Seine Gedanken flossen nur so, ja strömten. Unglaublich war es für ihn, wie schnell das ging!

Er war als Denker einer, der das Denken für am wichtigsten im Leben hielt. Sein Denken hatte für ihn etwas ganz Spezielles, es war ohne Gleichen in der Welt der Denkenden.

Zeller war als Berufsdenker dazu verpflichtet, sich seines eigenen Denkens stets zu vergewissern – es als absolut Eigenes zu wissen, nicht nur zu meinen. Seine Gedanken: Pracht des Selbst-Erlebens.

Bei allem Denken hatte er im Grunde immer nur er selbst zu sein ... und die anderen in Versuchung zu führen.

Sie konnten ihm schaden, - ihm die Show stehlen, so manches Engagement abluchsen. Vieles andere mehr. Einen Teil seines Geldes verdiente er eben durch alle möglichen Auftritte vor Menschen, die Eintritt zahlten.

Ständig dachte er auch an seinen materiellen Vorteil, um überleben zu können. Als Denker zu überleben war nämlich höchst problematisch! Es galt ihm als etwas Gutes, Menschen aufzusuchen, mit denen er spielen konnte, die er für sich zu gewinnen, an sich zu binden hatte, um mit ihnen etwas Größeres in Gang zu setzen - ... Skrupel, Scham und Nachdenklichkeit wurden ihm immer fremder.

Immerzu vorwärts! Niemals stoppen! Für sich selbst, für sein Selbst und seine materiellen Interessen legte er sich ins Zeug, überschlug sich geradezu!

Das Ausnutzen von Menschen fiel ihm leicht. Andere Menschen, oft ganz arglose, mit Hasssprüchen und verbalen Fäkalien, auch einfach mit diversen Dummheiten zu bewerfen war für ihn was Angenehmes, für das er sich nicht schämte, im Gegenteil: Fand es toll! Und so war und blieb er ein eher erfolgloser Denker. Aber immerhin konnte er überleben.

Taranis' Hände
wühlen in kühlen Wogen
Die Sonne zwinkert

Grünwald

Andreas Erdmann

Abschied von Flores

„1000 Dollar!", sagte der Bapak und wies auf die hintere Wand seines Hauses. Der Hauptbalken, der die Mauer vom Grund an bis unter den Firstsockel stützte, war in der Mitte geborsten. Das gesamte Haus, schätzte ich, musste neu aufgebaut werden.

Er würde das Geld bekommen: „The fair trade company will send you the money from Europe", versicherte ich, woraufhin er sich mehrmals verneigte und sich bedankte: „Terima kasih, terima kasih…"

Nebenan aus dem Gehege rief mich die Ibu beim Namen. Ich trat an den Zaun und sah die Frau dahinter mit einem Futterbeutel, umringt von Hühnern. „Perahu ke Bajo Sape itu tiba jam berapa", ließ sie verlauten.

Ich, der kaum ein Wort Indonesisch verstand, erwiderte freundlich: „Ya, ya."

„Ke Bajo Sape ini ada perahu lagi tidak?"

„Äh, ya!"

Sie grinste. Griff in den Beutel - und um sie herum hob ein Gegacker und wildes Geflatter an. Im Hintergrund grunzte das Schwein.

Ein Knattern von fern: Auf dem langen, schnurgeraden Weg durch die Kaffeeplantage kam Budi auf seinem alten Motorrad heran.

Sondang trat aus dem Haus in den Hof und bat mich scherzend, ich möge bleiben: „Jangan pergi, don't go!"

„But I must go", ich müsse abreisen, erwiderte ich, und Sondang, das Mädchen, das immer so fröhlich war, senkte den Blick und wirkte auf mich zum ersten Mal traurig.

Ach, wie gern hätte ich, uns zuliebe, die Abfahrt um ein, zwei Tage verschoben! Aber die Zeit war zu knapp… Vor mir lag eine beschwerliche Reise mit mehreren Fähren - von Insel zu Insel: Von Flores hinüber nach Sumbawa, von dort aus nach Lombok, nach Bali und weiter nach Java, um in Surabya am 5. Mai meinen Flieger zu kriegen.

„Kopf hoch!" Ich nahm Sondangs Hand in die meine. Drückte sie feste, erklärte, wir würden einander ja wieder sehen: „Next turn we'll see again."

„Sungguh – really?"
„Ya!"
Jetzt tönte die Hupe. Budi fuhr in einem Bogen heran und bremste das Moto im Sand: „Hey, here's your taxi!" Ob ich bereit sei: „You're ready?"
Ich nickte.
In dem Moment schlug Sondang vor, sie könne uns doch zum Hafen begleiten.
Ob dies möglich sei, fragte ich noch, wir alle auf einem Motorrad?
Budi bejahte. „Three persons, one moto - no problem!"

Zu dritt auf der klapprigen Kiste: Vorne saß Budi, hinter ihm nahm seine Schwester Platz und ich zuhinterst, links und rechts eine Tasche im Arm und den schwer bepackten Rucksack im Rücken.
Die Eltern standen winkend am Tor: „Selamat jalan!", wünschte die Ibu mir gute Reise; der Bapak rief mir: „Good bye! Tell the company, we'll thank the Lord for the money!"
Dann röhrte der Motor auf, und wir stoben rumpelnd und knatternd vom Hof auf den erdigen Weg durch den Kaffee.

Bei Bari ging es entlang an Zuckerrohrfeldern. Regenwald folgte. Bald warf man erste Blicke aufs Meer: Türkis lag es da zwischen den teilweise buschigen, teils nackten Schenkeln der Bucht von Terang… und erstreckte sich schillernd hellblau in die endlose Weite. Zur Linken erhob sich der mächtige Gunung Beliling mit seinen geschwungenen Flanken, an die sich die Wälder anschmiegten. Der Dschungel in allen Tönen von Grün, und die Höhen im flimmernden Licht: O Flores, welch herrlicher Abschied!
„Stopp, Budi, stopp!", rief ich nach vorne, wie wir aus dem Dörfchen Rareng herausfuhren.
Quietschende Reifen. Wirbelnder Staub. Kurz darauf lief ich ein Stück weit zurück zu dem kleinen Verkaufsstand am Rande der Straße. - „I want this flowers, please!", sagte ich zu dem Händler und zeigte auf einen Kranz feuerrot leuchtender Blumen.
Sondang strahlte, wie ich ihr die Blüten ins Haar steckte. Einen Augenblick lang stand die Zeit für uns stille.
Doch als Budi drängte, wir sollten aufsteigen und nur schnell weiter,

damit ich nicht meine Fähre verpasse, gewahrte ich wieder den Schatten von Traurigkeit auf ihren Zügen.

„Kopf hoch, Sondang!"

„Koff hoch?", fragte sie. Was das bedeute?

„Don't be sad!"

„Sad!?" Traurig, nein, das sei sie nicht – froh sei sie, froh! Sie lachte laut auf. Dabei blieb der Schatten in ihrem Gesicht.

Am Hafen Labuhan Bajo. Ich hatte das Ticket erstanden. Die beiden Geschwister begleiteten mich bis zur Brücke, welche dem Fährboot anlag.

Sondang drückte sich an mich. Ich las in ihren Augen den Wunsch, mit mir zu reisen. Eines Tages, sagte ich ihr, da sei ich mir sicher, wenn nur die Behörden in Deutschland zustimmen, könne sie mich in meine Heimat begleiten.

Ja, eines Tages…! Ihr Lächeln war heiter und traurig zugleich. Da schloss ich sie in meine Arme. Ein inniger Kuss…

Im Grunde, wisperte ich ihr ins Ohr, beginne ab heute für uns eine glückliche Zeit.

Warum?

Von jetzt an könnten wir beide uns täglich auf unser Wiedersehen freuen.

O ja, das sei wahr! Darauf freue sie sich.

„Siehst du!"

Sie strahlte mich an. Der Schatten war fort.

Wir lösten uns langsam… Nun sagte Budi zu ihr: „Sekarang jam setengah selebas, dia harus naik perahu", und dann zu mir, ich müsse an Bord: „Hurry up! Hurry up, the ferry will pass!"

Von dort rief bereits das Signalhorn. In Eile drückte ich Budi zum Abschied - „See you, my friend!" – und noch einmal Sondang.

„Ayo, ayo…!" Schiffsleute legten schon Hand an die Brücke. Ich schnellte herum und sprang im letzten Moment auf die Fähre.

Die Abfahrtssirene! Ein Ruck ging durchs Boot --- jetzt legte es ab. Ich trat an die Reling, neigte mich über die Brüstung und hob den Blick übers schaukelnde Wasser: So viele Menschen säumten die Mole…

Wo war denn Sondang? „Da- da!", vernahm ich die Stimme von Budi -

und gleich darauf sah ich die junge Frau, an der Schulter des Bruders: Sondang, die immer so fröhlich war, stand da mit dem leuchtenden Blütenkranz in ihrem Haar: „Selamat jalan! Sampaj jumpa lagi!", rief sie und lachte mir zu: Ja, sie freue sich auf unser Wiedersehen! – Wir freuen uns beide, gab ich zurück, es sei gar nicht mal lang bis dahin! – Sondang, inmitten der Leute, hob ihren Arm und winkte mir mit einem schneeweißen Tuch. Sie ward zusehends kleiner und der Wassergraben, der zwischen uns wogte, breiter und breiter und tiefer. Einmal noch trug der Wind mir ihr herzliches Lachen ans Ohr, und ich konnte „Koff hoch, Koff hoch!" vernehmen. - „Ja, immer Kopf hoch, Sondang!", tönte ich durch die Schreie der Möwen hindurch, die das Fährboot umkreisten; dies jedoch hörte das Mädchen vermutlich nicht mehr. Nicht lange, und das weiße Tuch verwehte vor mir - ich erspähte nur noch einen roten Tupfer vom Kranz ihrer Blumen. Bald war es ein Punkt. Um ihn herum schrumpfte allmählich der Hafen zusammen. Malerisch lagen die Fischerboote da vor der weiten Bucht von Labuhan Bajo - wie mit dem Pinsel dahingetupft, doch zunehmend unwirklich… Der bunte Streifen der Hafenstadt rückte hinaus in die grünen Savanne. Darüber erhoben sich die bewaldeten Hügel in sanften, geschwungenen Wellen. Der Gunung Beliling wuchs mit seiner wuchtigen Westseite auf - und dahinter, schattenhaft dunkel, die Silhouette der höheren, weiter entfernten Vulkane. Rauchte dort etwa der Krater des Ranaka? Oder rührten die Schlieren um seinen Gipfel von Wolken? Die Berge im Dunst, und die Farben des Tieflands darunter verblassten: Rotes und Ocker vergilbten, Gelbliches wurde zu Beige. Grün zu Grau. – Doch im helllichten Blau, durchdrungen von flirrenden Strahlen der Sonne, wölbte das Firmament sich herüber. - Abermals ging die Sirene: Die Fähre legte sich leicht in die Kurve und steuerte auf die Passage vor Komodo zu. Da, mit einem Mal, strömt das Wasser hernieder, kommt über mich her und verklärt mir den Blick: Himmel und Erde verschwimmen. Die Insel geht unter. Ich bebe. Das Wasser ergießt sich mir durch die Augen… und Flores versinkt in der Flut meiner Tränen.

Unendliches Blau
im Himmel und im Wasser
Saugt Gedanken auf

Beate Kunisch

Grünwald

Im Fluss

Hoch empor gereckt
Kahle Äste erflehen
neues Blätterkleid

Der Himmel fließt sacht
auf dem Fluss davon

Die Autoren

Karla J. Butterfield

Karla J. Butterfield spielte bereits als Kind Theater und wirkte in vielen Filmen mit. Nach dem Schauspielstudium und Studium an der Scuola Teatro Dimitri im Tessin arbeitete sie als Schauspielerin und Regisseurin u. a. in London, Bern und Düsseldorf. Seit 1998 lebt sie mit ihrem Mann und zwei Kindern als freie Schriftstellerin in Solingen. Sie hatte bereits mehrere Bücher veröffentlicht.

Steph Engert

Jahrgang 1948. Nach langen Jahren voller Aktivitäten – meist bezogen auf Schreiben, Publizieren, neue Medien, internationale Projekte – arbeitet sie nun als Autorin, Herausgeberin, Übersetzerin und Tarot-Spezialistin (Kurse, Beratungen). Im fiktionalen Bereich schreibt sie vor allem Fantasy-Geschichten und Märchen zu spirituellen Themen und lässt sich dabei oft von Tarotkarten inspirieren. Sie hat eine starke Affinität zu Drachen. 2014 gründete sie Starlight Dragon Press als Verlag für fiktionale Texte und Arbeitsbücher zu spirituellen und okkulten Themen
Webseiten:
http://tarosophy.de
http://starlight-dragon.de & http://starlight-dragon.eu
http://starlight-dragon-press.de & http://starlight-dragon-press.eu

Andreas Erdmann

Geboren in Solingen, freier Schriftsteller, Mitarbeiter beim
Solinger Tageblatt. Studium der Germanistik, Sprach- und
Literaturwissenschaften in Düsseldorf, Diplom- Sozialpädagoge.
Mitglied der Mundartautoren im Bergischen Geschichtsverein
und der Solinger Autorenrunde, Rundfunkarbeit, zwei Bände
mit Erzählungen, Kurzgeschichten und Gedichten, Mitautor
zweier Mundartwörterbücher, etwa 550 Veröffentlichungen von
Erzählungen, Kurzgeschichten und Gedichten in Anthologien,
Literaturzeitschriften und auf CDs. Preise u. a.: 1998 Heinz-
Risse- Literaturpreis, 2003 Literaturpreis der Bayreuther
Festspielnachrichten, 2005 Literaturpreis des Bergischen
Geschichtsvereins, 2008 Literaturpreis von amnesty international
und der Armin T.- Wegener Stiftung, 2009 zwei Preise im Projekt
‚Hoffung im Untergang', Düsseldorf, 2010 Autorenpreis des
Wupperverbands, mehrere Auszeichnungen beim Literaturpodium
Berlin.

Kay Ganahl

Jahrgang 1963 mit dem Lebensmittelpunkt Solingen/NRW ist von Beruf Diplom-Sozialwissenschaftler und auch tätig als Schriftsteller, Internetliterat und Selbstverleger. Gründungsmitglied der Solinger Autorenrunde. Ganahl ist Vorstandsmitglied im Landesverband NRW des Freien Deutschen Autorenverbandes, dort in der Funktion als Kommunikationsbeauftragter tätig.

Studium der Sozialwissenschaften in Wuppertal und Duisburg. Ganahl ist bestrebt, mit seinen literarischen und wissenschaftlichen Beiträgen den zeitabhängigen gesellschaftlichen Entwicklungshorizont aufzuhellen. Als Themen faszinieren ihn besonders die Macht über Menschen sowie das Drama des Humanismus im Europa der Gegenwart. Gerade in Lyrik und Kurzprosa, aber auch in Kurzgeschichte, Erzählung, Stück und Roman ist er zu Hause, schreibt und veröffentlicht auch wissenschaftliche Bücher/Ebooks.

Sein schriftstellerisches Wirken ergänzt Ganahl mit eigenen gestalterischen Arbeiten in Buch und Ebook. Fotos und digitale bzw. digitalisierte Werke (Zeichnungen und Malereien) haben Eingang in seine Bücher und Ebooks gefunden.

Web: www.kay-ganahl-selbstverlag.de

Grünwald

Grünwald wurde im April 1969 in Mannheim geboren. Seit 2007 lebt sie als Autorin und Journalistin in Solingen. Sie ist Mitglied der Deutschen Haiku-Gesellschaft, der Christine-Koch-Gesellschaft und der Fördergesellschaft „Zentrum für verfolgte Künste Solingen" sowie etlichen sozial tätigen und Naturschutz-Vereinen. Außerdem ist sie Mitglied der Tarosophy Association und des Orders of Bards Ovates and Druids.

Von 2004 bis 2007 – „Literarisches Schreiben" und „Belletristik" im Fernstudium.

Seit 2014 - Ausbildung zum Druiden

Leiterin der Literatur-Kreise der Bergischen Volkshochschule sowie verschiedener Schreib-Workshops und -Seminare.

Etliche ihrer Texte wurden mit Literaturpreisen ausgezeichnet.

2011 wurde sie als „Solingerin des Jahres" für ihr soziales Engagement mit der „Silbernen Hexe" geehrt, 2014 wurde ihr der dm-Preis für Engagement „HelferHerzen" verliehen.

Website: www.gruenwald-greenwood.de

Martina Hörle

Martina Hörle, geboren 1959 in Solingen, geprüfte Betriebswirtin, ist freiberuflich als Journalistin und Dozentin tätig.

Außerdem schreibt sie Kurzgeschichten, Märchen und lyrische Texte und organisiert unter „Literaturcafé Martina Hörle" literarische Veranstaltungen.

2014 hat sie die Fortbildung als Märchenerzählerin abgeschlossen und im gleichen Jahr die Solinger Autorenrunde gegründet.

Weitere Informationen finden Sie unter: www.martina-hoerle.de

Beate Kunisch

Beate Kunisch wurde 1962 in Düsseldorf geboren. Sie ist Diplom-Ökonomin. Als Jugendliche begann sie mit dem Schreiben. Sie nimmt an Schreibwerkstätten teil, ihre Texte wurden bisher in Anthologien und Zeitungen veröffentlicht. Seit 2004 ist sie Vorlesepatin in der Stadtbibliothek und im Leseclub von der Stiftung Lesen in Solingen. Sie ist Mitglied der Deutschen Haiku Gesellschaft. Sie lebt mit ihrer Familie in Solingen.

Christiane Trunk

Geboren am 23.12.1958
Kindheit und Jugend in Solingen; vermehrt Interesse an Musik, Kunst und Literatur
Nach dem Abitur vier Semester Musikwissenschaft/Kunstgeschichte in Würzburg
Anschließend Buchhändlerlehre in Solingen; nach der IHK-Prüfung in verschiedenen Buchhandlungen tätig, zuletzt im Stern Verlag Janssen& Co in Düsseldorf
1985/1986 Teilnahme an Literaturseminaren bei Walter Kempowski
1999/2000 Ausbildung zur Zertifizierten Weinfachfrau in Koblenz
Seit 2000 tätig als Weinfachverkäuferin und Leiterin von Weinseminaren
Anfang des Jahres 2015 Anschluss an die Solinger Autorenrunde

Besuchen Sie die
Solinger Autorenrunde
im Internet:

www.solinger-autorenrunde.de

und auf facebook:

Solinger Autorenrunde